LIVE
【追放聖女】
応援《いいね》や祈り《スパチャ》が
力になるので
動画配信
やってみます!
【異世界⇒日本】
富士伸太
illust はる雪
バズれアリス2
■【追放聖女】応援や祈りが力になるので動画配信やってみます!【異世界⇒日本】
0:11:25 14087人が視聴中 ■ライブ配信開始日:2020/9/15

「今こそ非道な王を討ち、王国に平和を……アリス？・」
「お断りいたします」
聖女
セリーヌ

「私は、動画配信で生きていくと決めたのです」
聖女兼配信者
アリス

「明日もがんばって、お勉強しましょうね♪」
セリーヌ先生に聞いてみよう

シェフ・ラビットの異世界グルメ
「それじゃ、やってみようか。
背徳の異世界クッキングを……」
配信者
シェフ・ラビット

「はい、というわけでやってきました！
新人配信者2人による
迷宮攻略勝負!!」
実況 兼 解説
アリス

LIVE
「果たして二人は
どっかの魔女が作った
性格最悪トラップを
攻略できるのでしょうか!?」
■【決闘動画】シェフ・ラビット VS 地の聖女セリーヌ【私を賭けて】

Get a Buzz, Alice 2

Your support and prayers are my energy, so I will try to do a video feed.

CONTENTS!

LIVE

バズれアリス 2

【追放聖女】
応援《いいね》や祈り《スパチャ》が
力になるので
動画配信
やってみます！
【異世界⇒日本】

■【追放聖女】応援や祈りが力になるので動画配信やってみます！【異世界⇒日本】

0:11:25 14087 人が視聴中 ■ライブ配信開始日：2020/9/15 196174 1227

Get a Buzz, Alice

Your support and prayers are
my energy, so I will try
to do a video feed.

富士伸太
illust はる雪

イラスト／はる雪

100万なんて、はした金だ。

レストラン『しろうさぎ』の席数は20席。チェーンの喫茶店やファミレスに比べて規模は小さいが、それでも最低限必要な維持費を軽視することはできない。

食材を保存する業務用冷蔵庫を設置しているし、空調も常に稼働している。ガスも水道も普通の家庭の数倍を消費する。水道光熱費だけで毎月10万円が消えていく。

親から引き継いだ家であるため、家賃は発生しない。新装開店するときのリフォーム代は誠《まこと》の貯金から出している。他の飲食店より経営は楽だが、それでも、客が食事をして金を払ってくれなければどうしようもない。そして客に食事させるためには当然、食材を買って調理しなければいけない。

調理するのはほぼ誠だけだ。

だがオーダーを取ったり配膳したりは流石《さすが》に誠だけでは手が足りず、アルバイトを雇っていた。

ホールスタッフの一人に、佐久間《さくま》美栄《みえ》という近所に住む60代の女性がいる。

すでに他界している誠の両親の友人であり、昔から店が多忙なときに手伝いにきてくれた。もう20年来の付き合いで、誠がレストラン『しろうさぎ』を引き継ぐと言ったときは泣いて喜んでくれた恩人でもある。

真っ先にアルバイト募集の張り紙を見て応募してきたのも彼女だった。他にも学生アルバイトを二人雇っているが、もっとも誠が頼りにしているのは佐久間美栄だ。

「しばらく、お仕事を休ませてもらえないかしら」

佐久間美栄が誠にそう提案したのは、自治体が飲食店の営業自粛要請を出して1週間もした頃のことだった。

「その……家族が心配するのよ。食事を出す店で働いてたら感染するんじゃないかって。それにお客さんがいない状態で暇をつぶしてても申し訳なくなるし……」

誠にとって、願ったり叶《かな》ったりの提案ではある。

ランチタイムに食事に来る客は激減し、ディナーの客はほぼゼロと言ってよい。今やテイクアウトの方が儲《もう》かっている有様だ。ホールスタッフよりも食料デリバリーサービスの配達員が料理を受け取りに来ることの方が多い。

ホールスタッフのシフト削減、あるいはリストラをしなければ、店が生き残ることは難しい。

持続化給付金を申請して国から100万円を支給してもらえるのは、身にしみてありがたい。ありがたいが、十分な金額なのかと言えば決してそうではない。水道光熱費にあてればたったの10ヶ月で消える。アルバイトたちの給与にあてれば4ヶ月で消える。

すでに学生アルバイトの一人は退職を申し出ている。大学4年生で就職も決まっているため、予定されていた退職だ。

もう一人のアルバイトは最初から土日のみのシフトで、負担は小さい。

そのため人件費として発生しているのはほとんど佐久間美栄の給料であったが、誠は決してそれを口にしたことはない。むしろ彼女の仕事がないかできる限り知恵を巡らせていた。

だが、この状況ではどうにもならなかった。

「ああ、もちろん景気がよくなったらまた働かせてほしいわ」

「……すみません、佐久間さん。お言葉に甘えます。ちゃんと店を成り立たせるように頑張りますから、もうちょっとだけ待っててください」

「私のことなんかより、お父さんお母さんから受け継いだお店を大事にして頂戴ね。この先ずっと自粛期間が続くわけじゃないんだから、またお客さんが来られるようになるまで頑張るのよ」

だから、100万なんてはした金だ。

店舗や会社を経営し、給料を払って社員の生活を保障しなければならない人間にとって。

給付金が通帳に入金されたときは心の底から喜んだ。手続きを手伝ってくれた翔子《しょうこ》にも、感謝を尽くした。だがそれで安心はできなかった。

100万を元手にして店を宣伝し、今までとは違う経営をして、店が潰れないように何か考えなければいけない。

誠は、今の時代にあったやり方……テイクアウトをすることも、動画を撮影して宣伝することも、決して嫌いではない。新しいチャレンジは心ときめくものがあり、動画視聴者との交流も楽しい。

だがそれでも、誠は無力感を感じていた。

お世話になった人に給料を払うことさえもできないのか、と。

客に美味《おい》しいものを食べさせて幸せにしたい。それが誠の原風景だ。そして他人を幸せにすることで自分自身の人生を手に入れ、スタッフにも幸せになってほしい。

このままではどちらも夢物語だ。

だから誠は、100万円の使い道を真剣に考えなければいけなかった。撮影機材にするべきか、視聴者へのプレゼント企画をするべきか、はたまたテイクアウト向けの新たなメニュー開発に投資するか、あるいはソーシャルディスタンスに配慮したカフェテラスを増設して座席間の距離を大きめに取れるようにするか。

もっとも避けなければいけないのは何も決められずにいたずらに時間が過ぎることだ。なしくずし的に100万円が店の運転資金に消えてしまう。それは何としても避けたかった。

そんなとき、誠はアリスと出会った。

彼女の窮状に気付いて、誠は一時的に店の心配を棚上げした。目の前の飢えている人を助けることが先決だと思い、そして交流を重ねていく内に思いついた。

アリスを救い、そして自分の店をも救う、起死回生の策を。

それはアリスを動画配信者としてデビューさせることだ。

彼女のポテンシャルは凄《すさ》まじい。嘘偽《うそいつわ》りなく異世界の有様を映し出せるだけではない。

彼女自身、そんじょそこらの配信者では決して太刀打ちできない魅力を秘めている。

とはいえ、動画配信者に絶対はない。

どれだけ宣伝戦略を練ろうと、どれだけパワーのあるコンテンツを用意しようと、鳴かず飛ばずになる可能性はある。この仕事はギャンブルだ。いや、仕事として成立するかどうかさえもギャンブルだ。

もしかしたら、飲食業として、シェフとして、横道にそれずにやるべきことをやるのが自分の本分かもしれない。

アリスもそんな危うさに気付いているのか、動画チャンネルが収益化するまではしきりに誠のことを心配していた。

「あの、マコト。本当にこんなパソコンとかカメラとか買っていて大丈夫だったんですか？　通販サイトとか見るとけっこう高そうなものばっかりなんですけど……。お店の経営の方も大変でしょうし……」

「ま、それはそうなんだけど、何もしなくったってジリ貧だからね。例えば、敵に追い詰められて、味方の助けも来なそうで、食料も足りないってなったらどうする？」

「打って出て、敵をボコボコにします……って、それはやむを得ないからそうしてるだけです！　お店はともかく私の仕事とか生活は、マコトの、やむを得ないものではないでしょうし……」

「そんなことはないよ。どっちも大事だ」

「ま、またそんなこと言って」

アリスが赤面して視線をそらす。

「それに、こんなのはこれから稼ぐお金に比べたら微々たるもんだよ」

「そうでしょうか……？　その、ジゾクカキュウフキン？　というのも貴重なお金だと思うのですが……」

アリスは、いじいじと指をいじりながら弱々しい反論をする。

そんなものが誠に通じるはずがなかった。

「いいかい、アリス。よく聞いてほしい」

「は、はい」

「１００万なんてはした金だ」

誠はそう言って笑った。

■地の聖女セリーヌが来た
／フォロワー数：156880人　累計good評価：531012pt

酒がなくなった。

借りていた漫画も読破した。

そして守護精霊としての仕事はない。

暇だな、とランダは思った。

他の階層の守護者であれば自分が生み出した眷属《けんぞく》と遊んだり、あるいは自分なりの趣味を見出《みいだ》して時間を潰しているが、外部からスカウトされて守護精霊となったランダは少々特殊な立ち位置だ。

　他の眷属と違って、動物や魔物を生み出すことはできない。

　そのためランダは挑戦者の来訪、あるいは来たるべきときに備え、長きに亘《わた》って眠り続けていた。アリスが来なければ今も眠っていたことだろう。

　そろそろ携帯ゲームとやらに手を出すべきか、それとも何か他に趣味を作るべきか……と悩みながら、ランダはてくてくと歩いて幽神霊廟《れいびょう》の1階層に来た。

「あら、あなた何してるの？」

「ガレキ作ってるんだー」

「瓦礫《がれき》というには妙に精巧ね」

アリスの部屋に行く途中に幾つか点在している空き部屋の一つで、スプリガンの姿を見た。

そして、そこには大小様々な人形がある。

等身大の大きなのっぺらぼうの人形もあれば、手のひらサイズの小さな人形もある。

そしてスプリガンは、へらのようなもので小さな人形の粘土を削ったり形を整えたりしている。

「瓦礫じゃなくてガレージキット。異世界のお人形だよ。面白くてハマっちゃってさー」

「いちいち粘土から作るの？　めんどくさ」

「普通は部品を組み立てたり、半完成品だったりだよ。だけどこっちの素材でイチから作れないかなって試してるわけ」

「こっちの素材って……原初の土で異世界のアニメキャラの人形を作ってるわけ!?　バカじゃないの!?」

原初の土とは、魔力を伝えやすい土のことだ。

ゴーレムや魔導人形の材料としては最上質の土である。焼き固めて陶器のようにすることもできるが、粘土状態のまま扱うことも可能だ。

ここ、幽神霊廟では比較的手に入りやすいものだが、その外の人間たちの住まう世界においては貴重品である。同じ重さの金と同じ価値があると言っても過言ではない。

「えー、いいじゃん。ちょっとくらいさぁ」

「それは霊廟に挑む人の練習のための素材なのよ。今は丁度、挑戦者がいるんだから元に戻しなさいよね」

「だってアリスの場合、いらなくない？　魔力が強いから蘇生《そせい》も簡単だし。てゆーか、そもそも強すぎて死ににくいし」

「……まあ、それはそうね」

　原初の土で作った魔導人形には特殊な力がある。

　それは、人間の魂を一時的に封じ込めることができるというものだ。

　人形に魂を宿して霊廟内を冒険することで、本来の肉体が失われることなく安全に冒険することができる。仮に人形の状態で死んでも、魂は自動的に元の肉体に戻る。苦痛は当然あるために恐怖を感じたり心の傷を負うことはあるが、本来の肉体が傷つくことはない。人形の体を利用することで、本来の体ではできない無謀な冒険もできる。

　だが一番のメリットは、霊廟特有の「死に戻り」を、自分自身の身をもって体験する前に人形を通して体験できることであった。

　霊廟内で死んでも、怪我《けが》が治って10階層毎《ごと》に存在しているスタート地点に戻される。だが「死んだ」と確信した瞬間の心の傷までは癒やせない。死の恐怖に負けて探索を諦める者も、過去には数多く現れた。

　だがそこで「自分が死んだのではなく人形が破壊された」という心理的なクッションを置くことによって、探索者は死に戻りの恐怖を軽減できるようになった。練習用の魔導人形の運用によって、脱落者は如実に減った。更には実際に生身の体で死に戻りしたときも、探索者が挫折することは減った。

ただし、この人形に魂を封じて下の階層に進んだところで「踏破した」と認められることはない。霊廟内の探索に慣れることを目的とした練習用であり、探索者に対する温情措置だ。

ちなみにアリスの場合はちょっとやそっとの無茶をしたところで怪我一つ負うことはないし、戦争中に蘇生魔術を使用して復活したことが何度もあったため、死に戻りも大して苦にしていない。

守護精霊たちは「別にアリスが使う必要はなさそうだ」と思って、話題にもしていなかった。

「ま、いいわ。ところであいつらいる？　お酒なくなっちゃったのよね」

「あー、いると言えばいるけど……」

スプリガンが珍しく曖昧な言葉を発し、ランダが首をひねった。

「ん？　何かあったの？」

「なんかさー。古い知り合いが遊びに来てるみたい」

ランダは、アリスの過去をざっくりとではあるが聞いている。

故国を追い出された結果としてこの幽神霊廟に来たことを考えれば、ただ顔を拝みに来たような平和な話であるはずがない。

「古い知り合い、ね……」

ランダの声は霊廟の中へと響き、消えていった。

◆

地の聖女セリーヌ。

あるいはセリーヌ＝エヴァーン＝ウェストニア。

ウェストニア公爵の長女。先々代エヴァーン王国国王ヒュルギィの孫娘にして、権能、地位、才覚、そして美貌のすべてを兼ね備えた女性だ。

魔王との戦争ではその権能を振るって何もないところに砦《とりで》を築き、あるいは畑に加護を与えて食料を増産し、戦争の勝利へと導いた立役者でもある。

だがアリスにとってはもっと大事なことがあった。

アリスが「聖女である」と認定され、孤児院育ちで洗濯を生業とする生活が一変したとき、侮ることなく友達のように接してくれたのがセリーヌだ。

「これが異界の門ですか……霊廟の巨大さもさることながら、異界の品々も珍しいものばかり……！」

幽神大砂界を旅していた人間がセリーヌだとは、アリスは思ってもみなかった。

再会した瞬間、セリーヌは純粋にアリスの生存を喜んだ。

ありのままの感情で涙を流し、抱きしめ、アリスも思わず抱き返した。

そして自分の近況も偽らずに話してしまった。

異世界の人の助けを借りて生活している、と。

だがアリスは、自分の部屋へと案内するうちに思い出してしまった。

昔からアリスを助けてくれたのがセリーヌであると同時に、味方に陥れられて死の淵《ふち》にいるときに見捨てたのもセリーヌであると。

セリーヌが死んでいなかったということは、そういうことだ。

「……でしょうね。こんな『鏡』はここにしかないでしょう」

「ええと……アリス、こちらの方は？」

誠《まこと》が困惑しながら尋ねた。

「私の、その……古い知り合いです」

「名乗りもせずに失礼いたしましたわ。わたくしはセドレムス＝エヴァーン＝ウェストニア大公が娘、『地の聖女』セリーヌでございます」

「ええっ！ってことは……」

「……はい。以前マコトにも話しましたね。彼女が私と同じ聖女であり、我が師匠です」

「師匠か」

自分にとってセリーヌは何なのかを思い出しながら説明した。

その含みを誠は指摘することなく頷《うなず》き、セリーヌの方を向く。

「ええと、はじめまして、檀鱒《だんます》誠です。レストランの店長と動画配信者をしています」

「あなたがアリスを助けてくれたのですね……本当にありがとうございます」

セリーヌは、花のような微笑《ほほえ》みを浮かべた。

かと思うとその目に涙が溢《あふ》れ始める。

「もしかしたら、アリスが追放された先で魔物に倒されたり、あるいは人と出会っても迫害されたり、獄に繋《つな》がれたりしていないか……ずっと心配してました」

「……そうならずには済みました。むしろ、以前より健康だと思います」

「無事でいてくれて……本当によかった……！」

セリーヌは涙を拭い、さっと手を伸ばして何事かを呟《つぶや》く。

「【アイテムボックス】」

その呟きと共に、セリーヌの指先に黒いもやが現れた。

いや、もや、というよりも空間にぽっかりと空いた真っ黒い穴だ。

そこから、きらびやかな四角い塊が現れた。その不可思議な現象に誠は驚きを見せなかった。そういう魔法だとすぐ理解した様子だ。目の前の現象よりも、取り出された物の正体こそが問題であった。

「こ、これ、もしかして……」

「金塊です。そちらの世界でも価値があると良いのですが」

金塊は一つのみならず、ごとんごとんと積み重なっていく。恐らく10キロ以上はあるだろう。

当然、地球側でも金は貴重なものだ。

今までの資金難がこれだけで解決してしまうほどに。

「あ、いや、ストップ。いいです。仕舞ってください」

だが誠は慌ててそれを制止した。

「あら、すみません。そちらの世界ではあまり大したものではないのですね。ですがアリスを救ってくださったのです。どうかお礼を……」

「そうではなく！　そういうお礼が欲しくてアリスを助けたわけじゃないんだ！」

「なんと素晴らしい……！　その善意、その人徳にこそ報いがあるべきです！」

話を聞こうとしないセリーヌに、誠が助け船を求めるようにアリスを見た。

アリスは、やれやれと溜《た》め息《いき》をつく。

「マコト。地の聖女たるセリーヌにとって金塊を掘り出すなど容易《たやす》いことです。もらえるものはもらっておきましょう」

「え、あ、そう？」

「それよりもセリーヌ。あなたはなんのために来たのですか」

アリスは、淡々とセリーヌに尋ねた。

「それはもちろん、あなたを救いに」

「なんのために救いに来たのかと問うているのです」

アリスの言葉に、セリーヌは口元の笑みを消した。

そして、真剣なまなざしでアリスの目を見つめる。

「準備が整いました」

「準備？」

「今こそ非道な王、そして天の聖女を討ち、王国に平和をもたらしましょう。そのためにはアリス、あなたが必要なのです」

セリーヌは、アリスに手を伸ばした。

しかし、アリスはその手を握らなかった。

「……アリス？」

「セリーヌ。お断りいたします」

アリスは、小さく首を横に振った。

「私は、動画配信で生きていくと決めたのです」

アリスに提案を断られたセリーヌはひどく動揺していた。

そこから、長い話が始まった。

セリーヌの「そもそも動画配信ってなんですか」という問いから始まり、アリスは今に至る経緯を事細かに説明することとなった。

話が終わり、セリーヌは大体の経緯を理解し、誠から出された茶を飲み、一息ついて、そしてようやく盛大にツッコミを入れた。

「芸人ではありませぬか!?」

「芸人とはなんですか、芸人とは！　あ、いや確かに芸人ですけど！　一座の長や事務所に所属してないことの方が多いですし！」

「もっと不安定ではありませぬか！」

「そのかわり搾取もされていません！」

　アリスが即座に反論した。

　そこから口論に発展した。

「それが気高き聖女の仕事ですか！」

「配信で稼ぐことに一点の曇りもありません！　だいたい聖女など気高くないでしょーが！　あの陰険で高慢ちきのディオーネだって聖女なんですよ！」

「あんなのを見て判断するんじゃありません！」

「ではセリーヌこそどうなのですか！　なんでもかんでもお金や物資で解決しようとするあなたの性格、ちっとも聖女らしくありません！　マコトがドン引きしてたのに気付かなかったんですか、この成金！」

「あなただって怒るととんでもない悪口が出るでしょう！　そんな有様で見る人が喜ぶとお思いですか！」

「残念でしたー！　私が悪態をつくとなぜかフォロワーが増えるんですー！」

「意味がわかりません！」

「私だってわかりませんよ！」

売り言葉に買い言葉といった様子で怒号が飛び交っている。

それを横で眺めていた誠は、安堵《あんど》の表情を浮かべていた。

彼はきっともっと殺伐とした喧嘩《けんか》になると予想していたのだろう。ある種の和気あいあいとした気配さえ感じさせる嘲笑と怒りの連続。あけすけな言葉のぶつけ合い。やがて喧嘩することにさえ疲れ、一時休戦が訪れる。

アリス自身でさえ、そんな幻想を一瞬抱いた。

だが、そうはならなかった。

怒号が飛び交う内に声はひそやかで静かなものになっていく。とめどない激情は、とめどない大声として表されることを拒否した。

それは静かで暗い場所を好む嗚咽《おえつ》であった。

「セリーヌ、どうして、あなたを信じた者が死ぬ前に、動いてくださらなかったのですか。どうして、私が新たな生きる目標を見つけるまでに、私を助けてくれなかったのですか。どうして、セリーヌ、間に合わなかったのですか」

「アリス……」

セリーヌが、わなわなと震えるアリスの手を取ろうとして、しかし諦めた。

ぐっと拳を握り、ぽつりぽつりと罪の告白を始めた。

「間に合いませんでした……。いえ、ごまかしはやめましょう……あなたを後回しにしました。なんとなくの流れでそうしたのではなく、わたくしはあなたの苦境を理解した上で、そう決断しました」

「でしょうね」

「誰を救えば勝算が生まれるか。誰であれば助けずとも生き延びることができるか。助けることがどれだけ困難で、こちらの被害がどれだけ出てしまうのか。どうすれば勝利し、どうすれば多くの味方が生き残れるか……。そんな、命の勘定をしました」

「私は、助けるまでもないと」

「ダモス王は恐らく、あなたを死刑にはできなかった。あなたを殺してしまえば、それこそ復讐《ふくしゅう》や反抗の旗頭となり国中が荒れるのを見越していたはずです」

「ではなぜ、あなたは今更来たのですか」

「どうしても今の戦力では、天の聖女に勝てるという確信を得られませんでした。あなたに生きていて欲しかったという気持ちは決して嘘《うそ》ではありません。ですが……あなたを見捨てながら、あなたに頼ろうとしました」

そのセリーヌの言葉に、アリスは答えられなかった。

糾弾するべきだという心の声。

理解して許すべきだという心の声。

その双方がアリスの中で摑《つか》み合いの取っ組み合いをしている。

重苦しい沈黙が、アリスの部屋を支配する。

「ったく辛気くさいわね。なに？　痴情のもつれとかそーゆーやつ？」

「ランダ」

アリスは、ランダの嘲笑めいた口調に一瞬顔をしかめた。

だがランダはアリスを無視して誠を人差し指で指す。

「てゆーか誠。客人が来たならもてなしなさいよ。あなたそれでも料理人？」

「あっ」

誠はその言葉にはっとして立ち上がった。

「……それもそうだな。セリーヌさん。長旅してきたみたいだし、食事でもどうですか？

アリスもそろそろお腹《なかす》空いただろ？　ランダはお酒？」

「今、大事な話をしているところで……」

セリーヌが苛《いら》つきの滲《にじ》んだ反論をしかけた。

だが、誠は気にした様子もなく厨房《ちゆうぼう》の方に引っ込んでいく。

「あ、ちょ、ちょっと！」

「セリーヌ。大人しく待っていてください。私もお腹が空きました」

アリスの口調から、先程までの悲壮感は消えていた。

セリーヌは渋々と言った様子でひとまず矛を収める。

「はい、お待たせしました」

そして誠《まこと》はごく短い時間で料理を作り、『鏡』の前に戻ってきた。

細長い楕円形《だえんけい》で、鮮やかな黄色の表面。

ぷるぷると揺れる軟らかい質感が目で見るだけでわかる。

その上にはトマトをベースとして、炒《いた》め玉葱《たまねぎ》ときび砂糖で甘みを足し、シナモンで風味を付けたレストラン『しろうさぎ』特製ケチャップが掛けられている。

「これは、卵料理……ですか……？」

「レストラン『しろうさぎ』特製オムレツです。お熱いうちにどうぞ」

誠は『鏡』を通してセリーヌとアリスにオムレツの皿を差し出した。

そして追っかけすぐにミネラルウォーターを入れたグラスとサラダ、パンをテンポよくアリスに渡し、アリスがセリーヌの前に並べた。

「は、はぁ……」

セリーヌには迷いの表情が浮かんでいた。

施しは受けませんとでも言いたげな顔をしつつも、長旅で疲れた体は正直なのだろう。

明らかに、オムレツの芳香に心惑わされている。

「綺麗《きれい》……異世界の料理なのでしょうけど、外連味《けれんみ》はありませんね……？」

フォークでオムレツ一口分を取り、しずしずと口に入れる。

地球のマナーとは違うが、その所作は洗練されていると誠は何となく感じた。

初めて見る料理を警戒しながらも、手が震えたり嫌悪感を表に出したり、そうした油断が一切ない。高貴さを感じさせる振る舞いだと誠は一目で気付いた。

だがその高貴さはすぐに消えて、年相応の少女らしい表情が浮かんできた。

「えっ、これ、美味《おい》しい……」

「こちらも美味しいですよ」

セリーヌの喜びの表情を見て、アリスはサラダとパンを食べるよう促す。

どちらもアリスたちの世界には存在するものだが、味わいや品質はまったく違う。

「えっ、甘い……!?」

アリスたちの世界の野菜は苦みや辛みが強い。

あるいはアリスたちの視点で言うならば、日本のスーパーに並んでいる野菜が甘すぎる。野菜の品種改良が重ねられ、糖度が高く苦みや渋みのないものが市場に並ぶようになった。意外にも生野菜サラダこそが「これは異世界の料理だ」とはっきりと伝わる料理であったりする。

パンもまた異質だ。雑味がなく軟らかく、アリスたちの世界では宮廷料理でさえも口にできない上質なものだ。アリスたちが普段口にしていたものはライ麦で作ったパンだ。小麦粉の発酵パンも存在しているが、現代の地球の小麦粉ほどの品質はなく雑味がある。

アリスから聞いていたそれらの話を一つ一つ思い出して、誠は「短時間でできて、なおかつ相手を驚かせる料理」をすぐに選択し、そして自信を持って差し出したのだった。

「あなた、何者ですの……？」

「料理人ですよ」

その後、アリスはセリーヌと大した話はしなかった。

というよりできなかった。

いつかのアリスのように、セリーヌは温かく美味しい食事を口にしたことで緊張の糸がぷっつりと途切れた。いかに聖女としての権能が強いとしても、幽神大砂界を単身で渡るのは無茶だったのだろう。

ただ、アリスのように倒れることはなかった。心配して様子を見に来たスプリガンに空き部屋まで案内してもらって、誠から譲ってもらった布団を自分で敷くまでは自力でどうにかできたようだ。

本来ならばアリスがセリーヌの世話をするべきところだ。

だがそのほとんどを他人任せにしてしまったことに、アリスは申し訳なさを感じていた。

「マコト、すみません。厄介事を持ち込んでしまったようで……」

「いいって。でも、仲よかったんだな」

「いいえ、あんな風に喧嘩するのはしょっちゅうでした」

「そういう風に喧嘩できる相手ってのはなかなかいないよ」

「……そうかもしれません」

アリスが、うつむいたままふふっと笑った。

「セリーヌは、もっとも慈愛に溢《あふ》れた聖女ということで、民衆から尊敬されていました……まあ、少々悪癖がありますが」

「悪癖?」

誠が首をひねる。

「はい。金銭感覚が少しおかしいんです」

「アリスも苦労してそうだな」

はぁ、とアリスは溜《た》め息《いき》をつくのを見て誠が笑った。

「血筋は確かで、年若くして天文学や暦学、史学、数学、詩歌や古典など、あらゆる学問を修めています。聖女としての権能以外の魔法も達者で並ぶ者がおりません。まさに天才です」

「凄《すご》いな」

「でもその分、浮世離れしてて……たとえば旅の途中、馬車が壊れて進めなくなったときにたまたま村人が助けてくれたことがありました」

「……金塊を渡したとか?」

「いえ、あれよりは遥《はる》かに小さな金貨です。しかしそれがきっかけで村人同士が金貨の権利を巡って争いに発展しそうになったこともありました。庶民の金銭感覚をわかってなくて、必死にセリーヌを諫《いさ》めたものです」

「なんか聞いてたイメージと違うな……もっとちゃんとした人かと」

その誠の言葉に、アリスは苦笑を浮かべた。

「もっともセリーヌがまだ12歳か13歳くらいのときの話です。今では金銭感覚も身に付けて金満主義も表に出さないようになって、成長して……ずいぶん立派になりました。みんなに信頼されるようになりました」

「こんなのでてきたけどな」

誠が金の延べ棒を持ち上げた。

「こうして金塊を大盤振る舞いするのは本当に久しぶりなんですよ。あれを見たのは何年ぶりのことでしょうか」

「それくらい嬉《うれ》しかったんだろうな」

「ええ。まったくもう」

セリーヌが喜んだのは本心だったと、アリスはよく理解していた。

人に何かを与えるときも自制というものを覚えなければ駄目ですよと、アリスはよくセリーヌを諭していた。普段であればセリーヌがアリスを諭すことの方が多く、ときどき立場が逆転する機会があるのをアリスは面白く思っていた。そんな間柄であった。

「……本当は、セリーヌは別に悪くないなどわかっているのです。私も、立場が逆であればセリーヌを見捨てました。幽神大砂界までの護送は、セリーヌをおびき出して殺すための罠《わな》でしたから」

「アリスは、どうしたい？」

そう言われて、アリスは言葉に詰まった。

アリスは、自分の祖国から追放された。

アリスは激怒さえできなかった。

ここに来るまでずっと悲嘆に暮れていた。

かの邪智暴虐《じゃちぼうぎゃく》の王のことなど忘れ、やりたいことをやろうと決意した。

アリスは配信者である。

地球の料理を食べ、動画を撮影して暮らしていた。昔は邪悪に対して人一倍敏感であったものの、今や聖女として戦うことに疲れ果てて心の癒やしと美味しいご飯、そしてチャンネル視聴者の増加を求めていた。

けれどもやっぱり本当は、怒らなくて良いのかと自問自答していた。邪悪と戦うべきではないのかと迷っていた。自分を信じてくれた兵が今も祖国にいる。自分の生存を信じて助けに来てくれた友がいる。

セリーヌが祖国の王と共に自分に石を投げてくれれば良かったのに、とさえ思ってしまった。そうすれば、迷うことなく目の前の人と共に生きていけるのに。

「それは……」

「あ、答えを聞く前に一つ言っておく。俺はアリスと一緒に動画作り続けたいよ。可能だったらこっちの世界に引っ張り込んで、レストラン営業中はホールスタッフとかやってほしい。時給いくらにする？　あ、バリスタやってもらえるなら時給プラスできるよ。カフェメニュー増やしたいし」

「そこは、君の自由にしていいよとか言うところじゃないんですか？」

アリスが、くすりと笑った。

「あんたたちさー、イチャつくなら二人のときにしてくれない？」

「ラッ、ランダ、いたのですか!?」

「いたのですかじゃないわよ！　助け船出されておいてお礼もないわけ!?」

「あ、いや、ホントありがとう。助かったよ。山形産の赤ワイン買ったけど飲む？」

「あら、いいじゃない。そういうのでいいのよ、そういうので」

誠がワインの瓶を差し出すと、ランダが嬉しそうに瓶に頬ずりする。

よほどワインが気に入った様子だ。

「……で、あのセリーヌとかいう女のところに行くべきか、ここにいるべきか迷ってるってわけ？　はぁー、あんたもほとほどバカね」

「ばっ、バカとはなんですかバカとは！」

「自分の力に無自覚な人間をバカと呼ばずしてなんと呼べばよいのよ」

「え？」

「あ」

アリスと誠は、まったく違う反応を示した。

「ど、どういうことです、マコト？」

呆れ。

「……別に、二択問題じゃないんだよ。どっちも選べばいい」

「どっちもって……」

「セリーヌさんの革命をサクッと助けて、こっちにまた戻ってくればいい。ランダはそういうことを言いたいんだろ？」

「そーよ。なんで気付かないのか不思議だわ」

「し、しかし……」

「あら、お気に召さないかしら？」

「私の力で、それだけのことができるかどうか。相手は……天の聖女は、強敵です」

　アリスは拳を握る。

　今もアリスは覚えていた。完膚なきまでに『天の聖女』ディオーネに敗北したことを。しかも、一対一の剣で負けている。天の聖女の本来の強みは天候を自在に操る遠距離からの大規模攻撃だ。10万の応援の力が減っていたとは言え、アリスが本来強みを発揮できる決闘で負けた。いかに応援を得ただけでは、まだまだ勝てるイメージは湧いてこない。

「……自然を操る権能は確かに強大でしょうね。でも人の権能の強さには天井がないわ。誠は、アリスのフォロワー数、どれくらいに増やせると思う？」

「今は15万くらいだから……そうだな……。1年以内に50万はいけると思う」

「……えっ？」

　誠の言葉に、アリスは思わず声を漏らした。

「ああ、もちろんコンスタントに動画投稿も配信もやった上で、だよ。何もしなくてもある程度は増えるだろうけど、アクティブ視聴者は減っていくからちゃんと活動実態がなきゃ数字ほどの応援とか祈りとかは来ないと思う」

「そ、それはそうでしょうけど……え、いや、本当に？」

「うん」

誠《まこと》は何のてらいもなく、素直に頷《うなず》く。

「20万か30万くらいが天井かなーと思ってました……」

「地球の視聴者が全体でどれくらいいるかはわからないわよ。でも片手間でもアリスを応援してやろうって変人がわんさかいることくらい、おバカなあなたにもわかるでしょう？」

「うっ、うるさいですね！」

「一番バカなのは、どっちか選ばなきゃいけないなんて消極的な態度をしてることよ。チャンスがあるならどっちも力で奪う。そういうことができるのが聖女。そして、力があれば願いは叶《かな》う。幽神霊廟《れいびょう》の挑戦者の特権よ」

ランダが見せつけるように拳を握る。

それはアリスが握りしめた悔しさとはまた違う、決然とした気配を秘めていた。

アリスは、両の手で自分の頬をぱんと叩《たた》く。

「……ランダ。力こそすべてのような物言いは領けませんが、消極的だったのはその通りです。私が愚かでした」

「わかればいいのよ、わかれば」

「願いを叶えてみせます。自分の手で」

決意に満ちたアリスの言葉に、ランダは静かにほほ笑んだ。

「どちらにせよ、現状の戦力では霊廟の攻略を進めるにしても革命を成功させるにしても、もっと力を高める必要があります。とにかく面白いことをどんどんやってフォロワーを稼ぎます！　ランダも手伝ってくださいね！」

「なんでそうなるのよ！」

「今日もお酒をもらいに来たじゃないですか。それにあなたが私を焚《た》き付けたんです。こちらの世界では手に入らないような美酒を飲んでいるのですから、その分付き合ってもらいますよ」

「最近ランダに渡してるのは一瓶３０００円くらいの赤ワインだから言うほど貴重でもないけど、他にも色々あるよ。青森県産のシードルとかどうかな？　美味《おい》しいよ」

「ぐっ……卑怯《ひきょう》よそれ……！」

誠がワインセラーを『鏡』の前に持ってきて見せると、ランダはごくりと生唾を飲んだ。

本気で目移りしている様子だった。

「でも、セリーヌさんはどうする？」

「そうですね……ここから力を蓄えるにはまだ時間が掛かりますし、ひとまず帰ってもらうか……」

アリスが、顎に手を当てながら考え込む。

帰ってくれと頼んで素直に帰ってくれるだろうかとアリスが悩んでいたところ、誠が思わぬ提案を出した。

「いっそ、手伝ってもらえないかな？」

「手伝ってもらう？」

「セリーヌさんに。動画配信を」


翌朝、再びセリーヌと話し合いをすることとなった。

「昨日の料理とはまた違った風合いですわね……？」

話し合いのついでに朝食となった。

むしろ話し合いの方が朝食のついでのような勢いでどんどん料理が出てくる。

炊きたての御飯にカブの味噌汁《みそしる》。味噌は合わせ味噌。

メインのおかずはベーコンエッグだ。ベーコンは燻製《くんせい》液に漬けた安物ではなく、スパイスで香り付けをしながら塩漬けし、桜のチップを使って燻製したものを分厚く切ったものだ。その横にはキャベツの千切りと茹《ゆ》でたブロッコリー、ミニトマトが添えてあった。

副菜はナスの煮浸し、素焼きしたアスパラ、イカと里芋の煮物といった胃に優しいおかずも並んでいる。

御飯のお供もたくさんある。アサリの時雨煮。昆布の佃煮《つくだに》。煮豆。めかぶ納豆。素焼きにして鰹節《かつおぶし》をふりかけたオクラなどなど。

飲み物はピッチャーになみなみと注がれた水、牛乳、アイスコーヒー、オレンジジュース。

食後のデザートとして果物やヨーグルトなども用意されていた。

「……人の手の及ばぬ魔境で、どうして宮廷のごとく朝食が出てくるのでしょうか」

「宮廷っていうか、料亭とかホテルの朝食バイキングをイメージしてみたんだ。まだまだお腹《なか》空いてると思って多めがよいかなって。どうぞ遠慮なく」

「セリーヌ。こういうものだと受け入れてください」

「は、はぁ……。ではありがたく」

セリーヌは箸や器の持ち方を軽く聞いただけで、すぐに身に付けた。

異世界ヴィマには地球のアジア圏にも似た食文化があるらしく、茶碗《ちゃわん》を持って食べる流れもセリーヌは難なく受け入れた。そして食事が始まった途端、セリーヌは料理の質の高さに驚き舌鼓を打った。

米と味噌汁はまだ少し慣れない様子だったが、ベーコンエッグの暴力的な旨《うま》みや煮物の優しい滋味は、まだ長旅の疲労が癒えていないセリーヌの味覚を突いたようで、嬉しそうに顔をほころばせていた。

またご飯のお供と一緒に白米を食べる美味しさにも気付き、3杯ほどおかわりしている。

アリスはすでに5杯ほど食べた。

匂いと賑《にぎ》わいに釣られてやってきたスプリガンやランダも交ざり、わいわいと朝食を楽しむ流れになった。かなり大きなはずのテーブルが狭く感じるほどだ。

「ふう……ご馳走様《ちそうさま》でした」

「マコト。ちょっと張り切り過ぎじゃありませんか？　私、こんなに豪華な朝食食べたことなかったんですけど？」

「そ、そうだっけ？」

アリスは意地悪な笑みを浮かべるが、打ち合わせ通りでもある。

これから始まるのはセリーヌとの交渉だ。

少々豪華な朝食も、こちらの話を聞いてもらうための下準備のようなものだった。

もっとも、そのために誠には早起きして料理をしてもらうことになってしまったが。

「アリス。何か話したいことがあるのですね？　わたくしに芝居は通用しませんよ」

「おや、お見通しでしたか。でも、美味しかったでしょう？」

「……それは認めざるをえません。昨日の食事に引き続いて、その……美味しかったです。ありがとうございました」

セリーヌが恥ずかしげにお礼を告げる。

彼女の満足感を示すように、セリーヌの前に出された皿はすべて綺麗《きれい》にからっぽになっている。

「ねーえ、お酒ないの、お酒」

た。

「緑茶がほしいのじゃが。佃煮つまみながら緑茶を飲むのってええのう」

ランダ、スプリガン、そしてガーゴイルは食べたりないのか、遠慮なく誠に要求してい
「あなたたち落ち着きなさい！　真面目な話があるんですから！　あとお酒が出るわけないでしょう、何時だと思ってるんですか！」

「堅苦しいわねーまったく」

ランダがやれやれと肩をすくめながらオレンジジュースのピッチャーを奪って自分のグラスに注いでいく。

「話があるということは、結論が出た、という理解でよろしいですか？」

セリーヌはおほんと咳払《せきばら》いをしてアリスに向き直った。

「私の力……『人』の権能がどういうものか、セリーヌはよく理解していますね」

「ええ。兵や民衆から支持され、応援を受け、その数が多ければ多いほどに力が増します。革命軍は密《ひそ》かに数を増やしており、きっとあなたの力に……」

セリーヌが訴えるように説明する。

だがアリスはそれに待ったをかけた。

「そうです。しかし彼らの祈りはこちらに届いていない……というより、私の存在を明かしていません。そうですね？」

アリスの詰問めいた言葉に、セリーヌは苦しげにうなずいた。

「はい」

「どうしてですか？」

「あなたの生死が不明なうちに、あなたを旗印とすることはできません。兵たちの応援があなたの力になると言っても、不確かな話を餌に釣るようなことでは士気を維持できません」

「……責めてるわけではありませんよ。それに、大っぴらに私を褒めそやすことはダモス王も許しません。厳しく取り締まられているでしょうから。ですが、ではなぜ私が今もこうして生きていると思いますか？」

「それはこちらの方に助けられて……」

セリーヌが誠をちらりと見る。

「もちろん誠に助けてもらえたのが一番大きいでしょう。しかし、外には恐ろしい魔物が闊歩《かっぽ》し、霊廟の下の階層には更に強靭《きょうじん》な魔物や守護者が待ち構えています。そんな中で、あなたを助けられるほどの強さを得られた理由。それはなんだと思います？」

セリーヌは、その言葉を聞いて顔をしかめた。

意図がわからないからしかめたのではない。

もしかして、そんなバカなという信じたくない心がその表情を形作った。

「気付きましたか」

「そ、そんなことがありえるんですの……？　その、芸人のような仕事で、応援を……？」

「私の今のフォロワー数は15万。魔神と戦争していたときに匹敵する力を得ています」

セリーヌは驚き、そして驚きを鎮めるように牛乳を飲んだ。

「……あなたは、力を得るために動画配信をしているのですね」

「あ、いえ、そこは明確に違います。たまたま力を得ただけで別にそれが目的じゃないです」

「えっ」

「私は動画配信で生きていくと決めたのです」

「ですからそれは芸人ではありませぬか！」

「そうですけど！　そうではなく！」

「待った待った！　落ち着いて！」

昨日と同じような論争になる気配を察した誠が口を挟んだ。

「あなたも、何かお話があるのですね？」

セリーヌは咳払いをして誠を見た。

流石《さすが》に食事の恩を感じているのか、声を荒らげることはなかった。

だが「あなたの顔に免じて」という気配を隠しているわけでもなさそうだった。

「えー、ここからは『聖女アリスの生配信』のマネージメント担当として檀鱒《だんます》誠が説明します。スプリガン、スクリーン用意してもらえる？」

「はいはーい」

食事を終えてスマホをいじっていたスプリガンが立ち上がり、がさごそと大きな巻物のようなものを広げる。そして、壁に据え付けられたフックに引っ掛けてカーテンのように吊《つ》り下げた。

「なんでしょう、これ……？」

「プロジェクタースクリーン。さて、それじゃプレゼンを始めましょうか」

オフィスソフトで制作したプレゼン用のスライドと共に、誠《まこと》が逐一説明していく。

そもそも地球とはどんなところなのか。

アリスの聖女としての権能が、動画配信と噛《か》み合って強くなること。

配信の収益によってアリスの生活費を賄い、同居生活が成立していること。

現状のフォロワー数とこれからの展望。

慌てて作ったスライドではあったが、それはセリーヌが状況を理解するのに一役買ったようだった。

「色々と突飛でしたが、なるほど、概要は理解しました……本当に突飛でしたが……」

セリーヌは、状況を正確に理解したがために頭痛を感じているように額を押さえた。

「……どう思いましたか？」

誠がおずおずと尋ねる。

セリーヌは苦笑を浮かべながら答えた。

「政情がそれなりに安定してて文化芸能に関わる人が億万長者になれる社会が羨ましいなって思いました」

「あー……」

誠は複雑な表情を浮かべ、曖昧にうなずいた。

「あ、いえ、皮肉とかではありませんよ。おかげでアリスも不自由なく生活できているようですし。ただ……その……自分の国の方を振り返ると暗澹《あんたん》たる気分になるといいますか」

どよんどよんとセリーヌが暗い空気を醸し出す。

だがセリーヌは、気を取り直すためにピッチャーから水を注いで勢いよく飲み干し、誠の方を向く。

「失礼、話が脱線しました。あなたが仰《おつしや》りたいのは、アリスはこれからまた更に強くなり続ける。そういうことを仰りたいのですね？」

「はい。ただ、そのためにはコンテンツを充実させたり、視聴者の疑問に答えたり、やらなきゃいけないことがたくさんあります。セリーヌさん、手伝ってくれませんか」

誠の話に、セリーヌは静かに目をつぶり、首を横に振った。

「セリーヌ……」

アリスは、悲しそうにセリーヌの横顔を見る。

「わたくしがあなたたちに協力し、そしてわたくしの助力にアリスが応える。これはあなた方を革命に巻き込むことになります。特に誠さん。あなたを」

「え、俺?」

誠は自分を指差し、意外そうな表情を浮かべた。

「アリスは無実の罪で投獄され、人質を取られて抗弁の機会さえ失われました。彼女には報復の権利があります。しかしあなたや、アリスに肩入れするそちらの世界の人々は違うでしょう?」

「それはそうです」

「もし仮にわたくしたちが敗北してアリスに繋《つな》がる人々までも罪に問われたとき、あなたも犯罪者となるんですよ?」

その重みのあるセリーヌの言葉に、アリスが待ったをかけた。

「ま、待ってください!『鏡』に遮られているのですよ。人の往来はできません」

だが、セリーヌは首を横に振る。

「これは世界と世界を繋ぐ『鏡』。これ一つきりとは限りません。国を挙げて魔導具を探し出して、行き来の制限のないものが見つかったらどうします?」

「それは……いや、難しいと思うのですが……」

「ええ、万が一の話にすぎません。ただ可能性がまったくないと思いますか?」

その言葉にアリスは頷《うなず》けなかった。

『鏡』は神の手によって作られたものだ。

神は、この世界から去りはしたが、実際に何柱もの神がいた記録は残っており、『鏡』のようにそれを証明するものも数多く残っている。

どこかに似たようなものがあるかもしれない、と言われたときにアリスも否定はできなかった。

「……それに、異世界の存在は地球の方々にとっても驚くべきものでしょう。もし誠さんのいる国と、わたくしたちの祖国が国交を樹立したらどうなるでしょうか」

セリーヌの問いかけに、誠は少し悩んで頷いた。

「あー、なるほど。俺はテロリストになっちゃうわけか。そっちの国の王様が、『檀鱒誠はこちらの国の犯罪者だから引き渡せ』とでも言ったらすごい厄介なことになる」

「万が一に万が一を積み重ねた、とても低い確率の話ではありますよ。でも、そうならない保証はありません。……アリスは、この人を巻き込んでもよいと思っていますか？」

それはいやだとアリスは思った。

自分が罪に問われるのはまだよい。そもそもすでに問われている。

アリスはもはや自分の故郷への理想など捨てた。誠と協力して生きていくことを決断し、自分の苦境を救ってもらい、同時に彼の苦境を救ってみせるという覚悟を持っている。

だが誠は一般社会に根ざした、何一つ咎《とが》のない料理人である。

彼の生活が根本から揺らいでしまう可能性は、アリスにとって恐怖であった。

「セリーヌさんさ、多分、俺が『そんなの全然平気ですよ』って言っても、納得しないよね？」

突然、誠がくだけた喋《しゃべ》りになった。

「そうですわね」

「セリーヌさんがこっちを助けてくれるなら心強い。でもセリーヌさんは、俺がそういうあくどさを飲み込んで支援してくれるかどうかわからない。あと、まったく関係のない第三者に助けてもらったら革命の意義とか、そういう難しいことを考えなきゃいけないんじゃないかな。俺も詳しいことはわからないけどさ。功労者が誰なのかみたいな話って、為政者なら大事なんだろうし」

「ええ、勲功の判断はとても大事です」

これは、自分を丸め込んで動画配信をすることを納得させたときの顔だとアリスは思った。

誠は料理に対しては誠実だが、動画配信のPR作戦や視聴者獲得の手段においては口八丁手八丁を躊躇《ためら》わないところがある。

誠のそういう性格に対して「この人はまったくもう」という呆《あき》れを抱いてはいる。だがアリスは、必ずしもそういう誠のずるさが嫌いではなかった。

「ふむ。要は味方として信頼に足る男かどうかを試したい、というわけじゃな。よかろう。

うってつけのものがある。のうスプリガンよ」

　そのとき、ガーゴイルが唐突に口を挟んだ。

「うっ、もしかしてバレてた？」

「人形遊びしておることくらいわかるわい。あれを誠に使わせてみてはどうじゃ？」

「……いけるかな？　いや、僕もそれ考えてたけどさ」

「問題はなかろう。何か事故が起きたとしても、儂《わし》らと、『鏡』の近くに翔子《しょうこ》殿がおればなんとかなるわい」

　ガーゴイルとスプリガンが何やら話し合っている。

　アリスは誠を見るが、誠も今ひとつわかってなさそうだった。

「マコト。こっそり彼らに根回ししてたとかではないんですね？」

「根回ししたけど、任せとけって言われて秘密にされちゃった」

　誠があっけらかんと微笑《ほほえ》み、この人けっこう行き当たりばったりなところがあるなぁと心配になってくる。

　だがこういうときこそ私がなんとかしなければ、と思いを新たにしたところで、えへんおほんうぉっほんとガーゴイルがわざとらしい咳払《せきばら》いをした。

「ここは幽神霊廟《れいびょう》。幽神様の眠る最下層を冒険者が目指す場所であり、冒険者の練磨の程を試す場所でもある。試練の場として使うことも幽神様は快く許されよう」

「わたくしも霊廟の地下を目指せ……というわけですか？」

セリーヌが首を傾《かし》げながら尋ねた。

「おぬしだけではない。誠もじゃ」

「え、俺？」

「一応、『鏡』を使ってバズって収益を得ておるじゃろ。ちょっとくらいこっちで働かぬか」

「働くって言っても、俺はそっちに行けないしなぁ」

「……って思うじゃろ？」

ガーゴイルが意味深に微笑んだ。

「え？」

「面白いものを見せよう。動画の企画として紹介するつもりだったんじゃがな」

アリスが住んでいる霊廟の地表階には、実は空き部屋が幾つかある。

スプリガンのプライベートルームもあれば、セリーヌの滞在場所として貸し出されている部屋もある。

その中の、雑然としたとある一室にアリスたちは案内された。

「アリス、大丈夫？」

「あ、大丈夫です。どちらかというとぶつけないかが心配ですが……ていうかあなたたちも手伝いなさい！」

アリスは、『鏡』を担いでいた。

叱られたガーゴイルが慎重に誘導し、スプリガンが『鏡』の置き場所を確保するために床に転がっている様々な私物を片付けている。

「あなたたちが異世界の通販を利用して何をしているのか不思議でしたが……これでしたか」

スプリガンたちはアリスと同様、動画配信を手伝う報酬を誠から受け取っている。

そして報酬から差し引く形で、通販サイトで物を買ったりサブスクリプションサービスに加入したりと、日本人的な消費生活に馴染《なじ》んでいた。

商品が梱包《こんぽう》された段ボールをスプリガンが受け取ってどこかへ持っていくのはアリスも見ていたが、ようやくその在処《ありか》が判明した。

「服とか、組み立て式のハンガーラックとかはわかるけど……人形？」

誠が不思議そうに、部屋の壁に立てかけられているものを見つめた。

それは、少女の人形だった。

あるいはアイドル衣装を飾るマネキン人形だとも言える。

１４０センチほどの、アリスよりもやや小柄なサイズ。頭には金髪ツインテールのかつらがある。

服は丈の短いＴシャツにデニムのホットパンツ。その上に黄色いエプロンを着けており、まるでどこかの海の家の店員のようだ。

そして、本来耳がある位置には何もない。髪の毛で微妙に隠れてはいるが真っ平らだ。

そのかわり、まるで兎《うさぎ》のような耳が頭の上の方にぴょんと生えている。

「どーお？　可愛《かわい》いでしょー？」

「確かに可愛いですけど……スプリガン、これを着るのですか？　あ、私は着ませんよ！」

誠《まこと》とアリスがしげしげとマネキンを眺める。

「僕が着てもいいんだけどぉ。このお人形、僕らのためのものでもないし、アリスのためのものでもないんだよねぇ。服を掛けておくためのお人形でもないんだよ」

ちっちっちっとスプリガンがドヤ顔で人差し指をリズミカルに横に振る。

「じゃあ、何のためです？」

「誠。アイドルにならない？」

びしっとスプリガンが『鏡』の向こう側の誠を指さした。

長い長い沈黙が訪れる。

全員の頭にクエスチョンマークが浮かんできそうな微妙な空気の中で、ようやく誠が言葉を放つ。

「…………………え、俺？」

「うん」

「いや着れないよサイズ的に。というか絵面としてヤバいことになるし、マネージャーが動画に出ちゃうのはちょっとなぁ」

「あ、女装そのものはいいんだ」

「例えば自分の料理動画チャンネルでエイプリルフール企画やるってなって、女装して絶対にウケるってなったらためらう気はないけど……何の作戦もなくとりあえず女装するだけって、視聴者からも呆れられるしガチで女装する人にも失礼だしなぁ。企画として確実にすべっちゃうよ」

しかしアリスは、それはちょっと見てみたいなと思った。

誠は料理人らしく肩や背中の筋肉は発達している一方、余計な脂肪はあまりない。化粧をしてもらい、肩幅を誤魔化せる服を着せて、歌わせたり踊らせてみたい。普段はカメラを回している側が恥ずかしげに振る舞う瞬間は、とても見たい。

「アリスも俺なんかの女装とか見たくないだろうし」

「えっ、あっ、あっ」

アリスは妄想しているところに急に話を振られてやたらと挙動不審な反応をしてしまった。ランダがそれに気付いたのか「わかるわ」みたいな生暖かい微笑みを送る。

「い、いや、本人の嫌がることはいけません。ハイ」

「でも、本人が本人じゃなくなったとしたら、今までの自分とまったく違う姿になれるとしたら、どーする？」

「どういうこと？」

誠は、意図を摑《つか》めずに首をひねる。

「ま、案ずるより産むがやすしってね。誠。『鏡』の表面に手を当ててみてよ。大丈夫、危ないことはないから」

「ん？　ああ」

誠がスプリガンに言われた通りに『鏡』に手を触れる。

そこにスプリガンがよいしょと人形を持ち上げ、誠の手と人形の手が重なるように動かした。

「【傀儡操作《かいらい》】」

奇妙な虹のような輝きが、手と手の間から溢《あふ》れる。

それと同時に、誠の体がゆっくりと崩れ落ち、倒れた。

「えっ、ちょ、ちょっと！　マコト！　スプリガンあなた、何をしたんですか⁉」

アリスは即座にスプリガンの首根っこを捕まえ、がくがくと問い詰める。

「早い早い、判断が早いよアリス！」

「当たり前です！　マコトに何かあったらただじゃおきませんよ！」

「大丈夫だって、ほらこっち！」

スプリガンが慌てて人形の方を指差す。

それを見てアリスは驚愕《きょうがく》した。

先程までは、のっぺりとした顔の人形であった。

服を着せられて可愛い印象ではあったが、作り物であるという印象が消えることはない。

それが、まるで生身の人間のような生気を放っている。

粘土を焼き固めて、刷毛《はけ》の痕跡が微妙に残っているような雑な塗装の肌は、きめ細やかな質感の肌へと変貌した。

かつら特有のきしきしとした乾いた髪も、まるで絹のような艶やかさを放っている。

なかったはずのまつげが生え、ただの円として描かれていた瞳に光が宿った。

「あっ、えっ……手ぇ小さっ！っていうか声たっか!?」

人形が、生きている少女に変身した。

声を放ち、自分の手を見て驚いている。

ついでに兎の耳が感情に連動するようにびくりと跳ね、周囲の音に反応して右に左に動いている。

「てかこっちに来てる!?　俺の体も倒れてる!?　どーゆーこと!?」

アリスはその声を初めて聞くはずなのに、その言葉遣いには聞き覚えがあった。

身振り手振りの癖にもなんとなく見覚えがある。

「こ、これ、もしかして……」

「うん。そーゆーこと」

スプリガンがえへんと胸を張る。

「そーゆーことじゃなくてちゃんと説明！」

憤るアリスに対し、今まで成り行きを見守っていたガーゴイルがはっきりと答えた。

「ま、わかるじゃろ。誠の魂を、一時的にこっちの人形に移し替えたのじゃよ」

「「えええええええ————————！！！！！？？？？？？」」

動揺する誠に、ガーゴイルが「戻るのはいつでもできるぞい。【傀儡よ。役目を終えよ】と唱えるだけじゃ」と言うので誠は早速試した。

すると、すぐに少女の姿は元の素朴な土の人形に戻り、同時に地球側の誠が目を覚ました。魂だけが行ったり来たりする分にはさほどリスクはないらしく、今まで霊廟を訪れた人間に試させたことは何度もあるらしい。

それに安心した誠はまたすぐに人形の方に魂を移してもらった。

先程の動揺は収まり、誠は自分の体をつねったり、手鏡で自分の顔を見たり、くるっと回ったりしている。

そして自分の体がどうなっているのかをひとしきり確認したところで、誠（人形）は、アリスを見た。

「え、えっと、アリス……。どうかな……？」

てへ、と恥ずかしがるような仕草をする。

アリスは不覚にもどきりとしてしまった。

「と、とても綺麗《きれい》で可愛いと思います」

造形の美しさに驚いた、というのもある。

だがそれ以上に、はにかんだ表情はまさしく誠のものだった。

今までずっと、『鏡』越しにしか見えてこなかった人の魂が、触れられる位置にある。

誠（人形）もそれに気付いたのか、熱っぽい目をこちらに送る。

美少女すぎるのがどうかと思いつつも、アリスは自然と誠（人形）に手を伸ばした。

ずっと支えてくれた人と触れ合えたらと思ったことが、今までに何度あっただろうか。

「ま、マコト」

「アリス」

だが、アリスと誠（人形）の手が触れ合った瞬間、凄《すさ》まじい反発力が発生した。

まるで『鏡』に触れたときの感触を何十倍にも強くしたかのような力が働く。

「ぐえーっ!?」

アリスは反射的に踏ん張って後ずさる程度で済んだが、誠（人形）の方はそうもいかなかった。壁にドンとぶつかり、くらくらと目を回している。

「マコトー!?　大丈夫ですか!?」

「だ、大丈夫……かな……。なんか体もけっこう頑丈だし……ちょっとくらくらするけど……」

「壁ドンだ」

スプリガンがぽつりと呟《つぶや》き、そしてランダはお腹《なか》を抱えて爆笑している。

「そうじゃありません！　どういうことですか!?」

「ごめんごめん。この人形を使うときって基本的にソロ用なんだよ。他の人の助けを借りちゃいけないんだ。あと、よからぬ用途に使われないように人間が触ったらペナルティが発生するんだよね」

「よからぬ用途ってなんですか、よからぬ用途って！　私はよこしまなことなんて考えてませんけどぉ！」

「いや、えっちなことじゃなくて。人形に人間の魂を封じ込めて生かさず殺さずの拷問するとか、これを人間同士の戦争に利用するとか、そういう悪用がダメって話」

その言葉にアリスは反論できず、赤面してうつむいた。

ランダがますます爆笑しているのは無視した。

「いや、でもちょっと人が悪いよ。俺もこっちに来ることはできないかなって思ってたし、叶《かな》った瞬間にこれはちょっとショックだ。もうちょっと説明とか色々とほしかった」

「うっ、それはほんとにゴメン……」

「まあ、みんなに触れられなくてもできることはあるかな。こっちにカセットコンロとか調理器具を持ち込んでその場で料理したり」

「あ、それいいね！」

誠（人形）はスプリガンに喋《しゃべ》っているようで、ショックを受けているアリスに向けたものだった。アリスはその優しさに浸り、怒りの表情を緩めた。

「えー、おほん！　うぉっほん！　それでは説明といこうかの！」

ガーゴイルが空気を誤魔化すように、わざとらしい咳払《せきばら》いをした。

誠（人形）は参った参ったと頭をかきながら立ち直り、そのへんに転がっている段ボールを座布団がわりにして腰を下ろす。

「あの……マコト。足を閉じた方が……デニムの隙間から下着見えそうです……」

「あ、ごめん。あぐらが癖になってて」

アリスの言葉に誠（人形）は慌てて足を閉じ、くずした正座の姿勢になった。

「今、誠の魂が封じ込められた人形は、幽神霊廟《れいびょう》を探索する上での補助機能なのじゃ。ゲーム風に説明するならイージーモード……というかチュートリアルモードじゃよ」

「チュートリアル？」

「霊廟の探索は常に危険が付き纏《まと》う。道は険しく、魔物は強く、そして守護精霊はそれ以上に強い。死んでも復活してスタート地点に戻されるとは言え、自分の肉体の死に誰もが耐えられるわけではない。いや、たまにへっちゃらな者もおるけど」

「いるいる」

「いるわね」

「それは俺もわかる」

「アリスならば大丈夫でしょう」

「なんですかその反応は！」

ガーゴイルの説明に、アリス以外の皆がうんうんと頷《うなず》いていた。

「加えて、肉体に帯びる魔力が乏しい者は、一度死んでからの復活にも時間がかかるのじゃよ。肉体の修復に時間がかかるし、肉体の損壊が酷《ひど》すぎれば蘇生《そせい》に失敗することもありえる。蘇生に自信のない者でも気軽に死に戻りを体験して攻略の助けとなるよう開発されたのが、このドールというわけじゃ」

「ドールって言っちゃうんだ」

誠《まこと》（人形）のツッコミに、スプリガンが気まずそうに目をそらす。

「いや本当は幽神傀儡とか名前があるんじゃが、こう……響きが可愛《かわい》くないというか……。スプリガンがこんなに可愛い人形にするとは思ってなかったしのう」

「魂が入った瞬間、土くれの人形から人間の姿になるよう魔法は掛けておいたんだけどさ。いや、ちょっと予想外にうまくいっちゃったなー。いやー僕って天才だわ」

「確かに可愛いですけど……と、ともかく本題を言ってください！　人形の目的はわかりましたが、これで一体どうしようというのですか！」

「ここを訪れる者は最下層に向かって攻略してもらわねばならぬ。そういう場所なのじゃ。じゃから、ここで揉《も》め事《ごと》があったなら攻略で白黒付けぬか？　という話じゃよ」

「あたしの階層を貸してあげる。地下11階層からスタートして、あたしのいる地下20階層を突破できたら勝利。どう？」

ガーゴイルとランダの挑発的な提案に、ようやくアリスは話を飲み込んだ。

「わかりやすくなってきましたね」

そして今まで成り行きを見守っていたセリーヌが口を開いた。

「冒険者の真似事《まねごと》をしたこともございます。望むところです」

セリーヌの強気な言葉に、ランダが喜ぶように微笑《ほほえ》んだ。

「いいじゃない。嫌いじゃないわよ、あなた」

「わたくしが負ければ、そちらの要求に従いましょう。その配信とやらにも全力で協力いたします。しかしわたくしが勝ったならば……」

セリーヌはそこで言葉を切り、アリスと誠（人形）を強い眼差《まなざ》しで見つめる。

「こちらでアリスの身柄をお預かりします。わたくしは、あなたたちの結婚を認めませんからね！」

「けっ、けけけ、結婚!?」

だが、アリスはその言葉に激しく動揺した。

誠（人形）も微妙に顔を赤らめている。

「あれ？　そういう関係じゃございませんこと？　では結婚を前提としたお付き合いとか、そういうことですか？　さっきえっちなことしようとしてましたよね？」

「してません！　してませんからね！　絶対にそういうことじゃないですから！」

アリスの猛抗議に、セリーヌは逆に冷え切った目線になった。

「……アリス」

「な、なんですか」

「いいですか。あなたも26歳なのですよ。いくら聖女であり色事に疎かったと言っても、そろそろ身を固めることを考えなければいけないでしょう。いえ、遅すぎるくらいです。こうして気心の知れた男性に世話をしてもらって生活して思わせぶりな態度を取っておいて、結婚なんて考えてませんというのは不誠実と思われても仕方がないのではありませんか？」

「認めませんとか言ったのあなたじゃないですか！」

「誠氏があなたに相応《ふさわ》しいかどうかと、あなたが不誠実な態度を取ることは別問題です。お説教です。そこに座りなさい！」

「いやです！」

「まあまあ。とりあえず勝負の形式は揃《そろ》ったわけだし、その話をしようよ」

誠（人形）が間に入って止めようとする。

だがアリスは止まらなかった。

「ていうかマコトも、いきなり魂を引っこ抜かれて女の子の体になったことを怒ってください！　『撮れ高が高い』って思ってちょっと嬉《うれ》しくなってませんか!?」

「そ、そんなことは、ちょっとしかないよ！」

てへっと誠（人形）が誤魔化す。

アリスに足の所作を注意されてから、すでに身振り手振りが少女のものになっている。

そこがアリスの逆鱗《げきりん》に触れた。

うっ、この子可愛いと思ってしまったからだ。

「ちょっとある時点でどうなんですか！　危機感覚えてください！　いくら人形の体とは言え、ランダが作った性格最悪トラップに引っかかったら死ぬほど痛いですよ！」

「性格最悪って言い方どうなのよ！」

「あと決闘の形式もフェアじゃなくないですか⁉」

「ああ……それはそうかもしれませんわね」

意外にも、セリーヌが同意した。

「わたくしは地の権能を使えますし、戦争では後方にいたとはいえ基礎的な訓練を受けております。異世界の人は魔法も使えないようですし……その体で活動すること自体が一種のハンデのようなものでしょう」

「自信あるなぁ」

「後でアンフェアと言われても困りますからね。むしろ、そちらはよろしいのですか？」

誠（人形）の感嘆に、セリーヌは茶目っ気と挑発を滲《にじ》ませてウインクをした。

「まあ、頷く前に幾つかお願いとか質問とかしたいところかな。今の体の状態が全然わからないし……体力とか運動能力とか」

誠（人形）の質問に、ランダが答えた。

「そこは大丈夫だと思うわよ。人形の肉体には魔力が宿ってるの。地下10階層までは到達できて、でも守護精霊に勝つのは無理ってくらいかしらね。１週間ほどトレーニングすれば馴染《なじ》むと思うわ」

「あ、けっこう強いんだ。いいの？」

「いいか悪いかで言えば、神に与えられた権能の方がはるかに強いからね。あんたもいいでしょ？」

「ええ。必要な措置かと思いますわ」

セリーヌはいくらでもどうぞと言わんばかりに頷く。

「……でも、まだこっちが有利なところもあるよね」

「有利？」

「俺はアリスがランダの階層を攻略するのを見ちゃってるわけだけどいいのかな？　攻略ルート、全部頭の中に入ってるよ」

その言葉に、ランダがにやりと微笑む。

「あなたたちの決闘のために、一時的に改造するわよ。地下11階層から19階層までは、まったく同じ構造の二つのルートを用意するわ。で、地下20階層で合流できるようにする。足の引っ張り合いや直接の戦闘は最後までお預け。結果が見えてるからつまらないし」

「了解。機材の持ち込みはいい？　あと生配信してコメント見たりしていい？」

「ここを視聴者参加型番組のアトラクションみたいに扱われるのってなんか違う気がするんだけど……。まあ、霊廟は人間の力を試す場所だから、人間の技術も否定できないし頷くしかないんだけどさぁ……」

誠（人形）の頼みにランダは渋々と頷いた。

「えー、でもランダ、こないだエゴサしてあげたとき、攻略動画の感想見てニヤニヤしてたじゃん。トラップの配置が巧みだとか、調度品や装飾のセンスがいいとか」

スプリガンの指摘に、ランダが顔を赤らめる。

「うっ、うるさいわね！　ともかくそれはオーケーよ！　配信でもなんでもやればいいでしょ！」

「じゃ、僕が素材作るよ。サムネは誠とセリーヌが格ゲーのキャラセレクト画面にいる感じでどうかな」

「えっ、えっ？　わたくしも何かするのですか？」

「ちょっとスプリガン、素人にはちゃんと説明してあげなさいよ。配信って言っても画面見せてあげなきゃわかんないでしょ」

「ランダって初心者に優しいところあるよね」

「だからうるさい！」

こうして脱線したり雑談したりしながらも、勝負のルールとスケジュールが決まった。

霊廟攻略勝負は1週間後。

誠（人形）とセリーヌによる、ランダの階層を使ったタイムアタック勝負。

すでにアリスが攻略したときとは異なるために、どんなトラップが来るか予想はできない。また誠（人形）とセリーヌは各々に用意されたルートをたどるために地下20階層に至るまでは合流することはないが、合流後は相手の妨害や戦闘行為も可能となる。

　そして、攻略の様子は配信されることとなる。

　カメラ担当として誠（人形）にはガーゴイルが付き、セリーヌの方にはスプリガンが付く。

　誠（人形）にはどうやら「決闘なんてイベントをやるなら、いっそのこと配信してみんなに見てもらってフォロワー数を稼ごう」という思惑があったようだ。

　セリーヌがそれを理解して頷いてくれるかどうか、アリスは不安だった。

　そして不安以上に、自分がやっているバカバカしくもユーモラスな動画にどういう反応をするか、恥ずかしくて気が気ではなかった。セリーヌは配信の仕組みや地球の文化について、料理や、プレゼンテーションアプリの画面くらいしか実体験していない。セリーヌに、アリスの動画を見せないという選択肢は取れない。

　その結果。

　セリーヌは大爆笑した。

　お腹《なか》をかかえて笑い、小一時間ツボにはまった状態でタブレットを操作してアリスの動画を漁《あさ》った。そしてはしたなく大笑いした自分に気付いてこほんと咳払いをして、言った。

「この動画チャンネルを盛り上げてアリスの力になるのであれば、協力するのはやぶさかではありません」

「その身を民草に晒《さら》すのも高貴なる者の務めです」

「というわけで、わたくしのアカウントとチャンネルも作って頂けるということでよろしいですか？」

と、流れるようにセリーヌは要求してきた。

配信の仕組み、何気ないインターネットの空気感、現代地球の科学と産業の結晶であるスマートフォンやタブレットの操作などをたった1日で理解し、セリーヌはスプリガンに手伝ってもらいながら動画投稿チャンネルを開設した。

その名も、『エヴァーン王国公女セリーヌ＝エヴァーン＝ウェストニアでございます』である。

■誠がバ美肉して決闘することになった

／フォロワー数：2083322人　累計good評価：564953pt

ここはあなたの知らない世界、永劫《えいごう》の旅の地ヴィマ。

地球の皆様、はじめまして。

わたくしの名前はセリーヌ。

エヴァーン王国、ウェストニア公爵の娘、セリーヌ＝エヴァーン＝ウェストニアと申します。

恐らく地球の皆様のほとんどは、こちらの世界のことをご存じないことでしょう。

わたくしも、あなた方の世界について、ほんの少ししか知っておりません。

ですがとても奇妙なことに……詳しい仕組みについては語るのは難しいのですが……こうして地球の皆様と交流する機会を得られました。

この地は、遠い遠い昔に永劫を生きる神々が作り出した大地とされています。

その地に生きる人々は神々の庇護《ひご》のもとに発展し、ときには人同士で対立し、あるいは邪悪な神々と戦うために団結し、でもやっぱり喧嘩《けんか》をしたりと……様々な歴史がございます。

そんな大地に勃興した国の一つ、エヴァーン王国という国の公爵家の長女としてわたくしは生を享《う》けました。

さて、今のわたくしは古き神々の一柱を祀《まつ》る神殿……幽神霊廟《れいびょう》というところを訪れています。

幽神様は、他の世界に旅立った神々とは違って、この地に残ってこの世界を守ることを選択なされた、それはそれは尊い神様です。

その最下層には今も魂が眠っており、もしこの地が邪悪な異世界の神に襲われたときは目覚めを迎える……とされています。

本当ですよ?

その証拠に、幽神様を守る守護精霊や、土地の魔力によって発生した魔物が、この霊廟にはたくさんいるのですから。

もしかしたらどこかのチャンネルですでに見ている方もいらっしゃるかもしれません。

ここを探索する人も、ここを守る守護精霊も、好奇心旺盛な人ばかりですから。

最近ここを訪れたわたくしがこうして動画を配信していることは……ふふっ、内緒ですよ。

皆様とのお約束です。

ところでわたくし、少々はしたない話かもしれないのですが……内緒話って大好きですの。次回は皆様に、とっておきのお話、こっそりお話ししたいなぁーって。

それは……ま・ほ・う。

どうして心の中で願い、呪文を唱えただけでいろんなものが生まれ出るのか、あるいは人を治療したり、奇跡のような出来事が起きるのか。

とっても不思議ですよね。

その仕組みを皆様に教えてさしあげようと思います。

そして、皆様もわたくしに、内緒のお話を教えてくれると嬉《うれ》しいなぁ……。

こちらの世界は皆様の持っているようなスマートフォンもありませんし、でんき、とか、がそりん、といったもので大きな力を生み出すという概念もありません。初めて見たときはびっくりしちゃいました！

それに、わたくしの住む国は恥ずかしながら、何度も戦争をしてばっかりで民草は疲弊してて……そんな民草を大事にしない貴族は多くて、はぁ……もう、わたくし、悲しくって……。そちらの世界のお話を見てたら、ああ、平和っていいなぁ……って。

みんなキラキラして楽しそうで、身分の区別なく学校へ行ったり働いたり、お医者様の治療を受けられたり……そういう世界を目指すために、わたくしも頑張ってそちらのことを勉強したいなって思っています。

どうかこれから、よろしくお願いしますねっ。

それとチャンネルフォローとｇｏｏｄ評価も押してもらえると、わたくし、とっても嬉しいです！

◆

アリスの動画の背景画面は、ここと同じ幽神霊廟のはずである。

だが、アリスがいつも撮っているものとは違って不思議な気品があった。

絵にみすぼらしさが出ないよう、しっかりと明るさや構図が計算されている。また、どこからともなく出した大理石の椅子とテーブルがまた高級感を演出している。

地の聖女としての権能を使って生み出したものだろうとアリスは予想を付けた。

これらはエヴァーン王国の伝統の家具デザインで、地球の人から見ればさぞ異国情緒を感じることだろう。また大理石の表面も磨き上げられ、ビデオカメラ越しにつややかな光を放っている。

「あざとい……。めちゃめちゃあざといですよ！」

「こりゃ参った……才能がある」

「なんていうか、本物のセレブってやつだね。オーラがわかるよ」

アリス、誠《まこと》（人形）、そして翔子《しょうこ》は、セリーヌの動画を見て度肝を抜かれていた。

たった1日で地球の文化の概要を捉えて配信の仕組みを理解し、さらに1日でこんな立派な動画を作ってしまったからだ。

「『動画配信者になろう』でいきなり3000人のフォロワーを集めたのは、まあアリスの動画からの流入もあると思うんだ。幽神霊廟だってことでアリスの関係者だって気付いた人が拡散してるし。でもこっちの数字は純粋にセリーヌさんの実力だよ」

「こっち、とは？」

アリスが首を傾《かし》げる。

誠（人形）はそんな不思議そうなアリスに、スマートフォンの画面を見せた。

それは、『動画配信者になろう』と同様に動画を投稿できるが、配信者としてのコンテンツ提供というより他人との交流に重きを置いたSNS『インフォーグラム』の画面だ。

そこは『動画配信者になろう』のような猥雑《わいざつ》さはなく華やかでおしゃれな雰囲気がある……かわりに、不真面目すぎるコンテンツはあまり許容されずブランド志向が強いという特徴がある。

「うわ、すご……！　セリーヌ、こっちでフォロワーめちゃめちゃ稼いでますよ……!?」

「そうなんだよ……」

そこでセリーヌは、いきなり1万フォロワーを獲得した。

自己紹介動画だけではなく、エヴァーン王国の民族音楽を笛で奏でるショート動画や、その音楽に合わせて民族舞踊を踊るショート動画、なにもないところからキレイな大理石の椅子やテーブルを生み出すショート動画を投稿してバズったようだった。

セリーヌの美貌と気品、そして地の聖女としての権能は、まさに『インフォーグラム』に適していると言えた。

「あの人、なんていうか存在そのものが映えるところあるんですよね……」

「まあ、あっちについた参謀が優秀ってのもあるんじゃないかな。スプリガンは他人に教えられるくらい撮影の段取りや機材の扱いをマスターしてるわけだし」

「てゆーかなんであっちにあんなに協力してるんですか！」

「守護精霊はこういうとき、中立ポジションを取らなきゃいけないらしいよ。それに、セリーヌさんに生配信することを説明したら、『でしたらわたくしもチャンネルを開設して、自分が誰なのか皆様に伝えなければなりませんわね』って言われて。そりゃこっちも拒否できないよ」

あははーと誠（人形）が肩をすくめる。

普段の誠と違って小生意気な少女感が出ているのが何とも憎らしく、そして可愛《かわい》らしい。

「しかし……本当に誠なんだねぇ……。子供の頃の誠を女の子にした感じがするっていうか……」

翔子が誠（人形）の姿をしげしげと見ている。

「流石《さすが》にバ美肉してるのが親戚バレするのは恥ずかしいものがあるんだけど」

「バ美肉っていうのかいそれ」

「割と平気そうというか、むしろ楽しんでません？」

この人なんか図太いな……とアリスはしみじみ感じた。

「顔のつくりが良いからそんなに恥ずかしくないところはあるね。これで歌って踊れとか、可愛い演技や演出しろって言われたら厳しいけどさ。Ｖｔｕｂｅｒやってる感覚に近いんだと思う」

ない。

「あー、なるほど」

確かに、本来の自分ではなくアバターを通していると思えば恥ずかしくないのかもしれ

そういう感覚ならば自分もちょっとやってみたいなとアリスが思う一方で、翔子は意外そうな顔をしていた。

「えっ、やらないつもりなのかい？」

「えっ」

翔子の言葉に、誠（人形）の表情が固まった。

「だって、せっかく可愛い顔して、可愛い服着てるんだから、やらない手はないだろう」

「いやそうは言ってもさ。俺はほら、アリスのマネージャーなわけで表に出るわけには……」

「表に出てないじゃないか。ほら、本体はこっち」

翔子が、意識を失っている状態の誠の体を支えて、まるで操り人形のように手を振ったり、指で笑顔を作ったりしている。

「ちょっと翔子姉さん！　俺の体をオモチャにしないでくれって！」

「あんたがそっち行ってる間、何も起きないよう見に来てやってるんだから我慢しな！　ていうかあんただけそっちにいけるのズルいじゃないのさ！」

「それを言われるとこっちも立場弱いんだよ。アリスも何か……アリス？　えっと、アリ

スさん？」

アリスは、自分の目がやたら険しいことに無自覚なまま、誠（人形）を凝視していた。

「マコトとセリーヌが対決するという話はもうすぐ告知しますが……マコトも何かするべきなのでは？」

「えっ」

「わかるはずです。マコト。鏡を見てください。あ、こっちの『鏡』ではなく、今のあなたの姿を」

「あ、ああ」

アリスの部屋には、地球と繋《つな》がっている『鏡』だけではなく、自分の全身を確認するための縦長の姿見がある。そこに誠（人形）を立たせた。

「どうですか、この姿。このお顔。綺麗《きれい》でしょう？」

「う、うん」

アリスは誠（人形）の顔に指を近づける。

触れてしまえば反発が起きるので、数ミリ手前のところで頬を撫《な》でるかのような動きをする。

触れられているようで触れられていないぞわぞわとした感覚に、誠（人形）はぴくりと小さく震えた。

「ちょっとだけ少年らしさや凜々《りり》しさが滲《にじ》んでいるがゆえに際立つ可愛らしいお顔。御髪《おぐし》はまるで波打つ水面のようにしなやか。セクシーさを抑えてアクティブな印象が強い服装なのに、モデルのような魅力がにじみ出る完璧なプロポーション。この姿を視聴者に見せずしてどうするのですか」

「い、いや、それは……」

「マコト。わかりますよね？　今のあなた、すごく綺麗ですよ……？」

「そ、それはあくまでスプリガンの技術がすごいのであって……」

「人形は魂が宿って完成するのです。つまりマコトが可愛いということです」

「めちゃめちゃ強引だなそれ！」

「でもマコト、言いましたよね？　女装して絶対にウケるってなったらためらう気はないって」

「い、言ったけど！　ま、ま、待ってくれ。翔子姉さん、アリスを止めて……！」

もう半分以上その気になりつつある誠（人形）が、未練たらしく翔子に救いを求めた。

「なあ、誠」

「はい」

「これ絶対バズるわ」

そういうことになった。

◆

はじめましてー！

異世界系料理企画、『シェフ・ラビットの異世界グルメ』はっじまっるよー！

みんなはアリスちゃんのことは知ってるかなぁ？

もっちろん知ってるよね？

『聖女アリスの生配信』のアリスちゃんです！

ボクはアリスちゃんのお友達のシェフ・ラビット！

特別にここに招待してもらって、デビューすることになりました！

で、ここはアリスちゃんが暮らしている幽神霊廟《れいびょう》のぉ、地下5階層にある森と湖のエリアでーっす！

前から動画で見てて気になってたんですよねー。

色んなお野菜とかお魚とかお肉とかあるから、食べたら美味《おい》しいのかな？って。

それじゃ早速、捌《さば》いていく！

……の前に、狩猟したり収穫しなきゃいけませんねっ。

森には何があるのかなぁー？

ドキドキのワクワクだねっ！

そんなわけで……森の中を散策してるんですがぁ……。

早速、これを見つけちゃいました！

でっかい卵形のお野菜です。

これ、なんだと思います？

大根？　カブ？

いやいや。違います。

多分なんですけどぉ、ナスの一種だと思う。

スイカより若干小さいくらいだけど、ヘタとか葉っぱの形がナスなんだよなぁ。

あっ、みんな、色がぜんぜん違うって思ったでしょ。

でも現代でも紫色以外のナスってけっこうあるんですよ。

越後には白ナスっていうのもありますし、緑色や黄色のナスなんかもあるんだ。

ちなみに現代のようなナスになる前は、こういう白い色のナスが主流だったみたい。

とりあえず毒がなさそうで食べられそうなのはこんなところかなー？

他にもキノコとか木の実とかはあるんだけど、このへんはプロじゃないと見分けがつかないのが多いのでやめときますね。ボク、お野菜はちょっと詳しいけど他はまだまだ修業中なので。

さて、このへんで特別ゲストと合流しましょうか。

「ラビットさーん！　食料取ってきましたよー！」

あっ、来た来た！

お肉！

じゃなくて、アリス＝セルティちゃんです！

「はいどうもはじめまして！　いや、私の動画チャンネル内での1コンテンツ扱いなので、はじめましてというのも白々しいのですが」

ほんとだよ！

「この子は、ときどき私のアシスタントをやってくれることになったシェフ・ラビットちゃんです！　わーぱちぱちー！」

ご紹介に与《あず》かったです、よろしくね！

「シェフ・ラビットちゃんには特技を活《い》かして霊廟の食材を使った料理を作ってもらったり、あるいは私のように体当たり的でやぶれかぶれな企画にチャレンジしてもらおうと思います。みなさんもぜひ、シェフ・ラビットちゃんを応援してくれたら嬉《うれ》しいです」

体当たり的でやぶれかぶれな企画やるの!?

「えっ、やらないんですか？」

いや、その……。

「私はやってますよぉ？　スタッフさんにー、あれやってーとかこれやってーとか、そういう無茶を受け入れてる配信者ですのでぇー。シェフ・ラビットちゃんにもやってもらいたいなーって」

……が、がんばる。

ものすごい圧を感じるけど、がんばるよ！

「がんばりましょう！　それがあなたの運命です！」

それボクが殺される展開では？

「それはさておき」

それはさておきで流すんだ……。

「シェフ！　今日はどんな料理を作ってくれるんですか？」

ひとまずナスっぽい野菜が手に入ったので、食べられるか試してみようかなと思います。

これだよ。

「あっ、これデュラハンナスですね」

なにその物騒な名前!?　もしかして食べちゃダメなやつ!?

「あ、それは全然大丈夫です。デュラハンが自分の首や兜《かぶと》と間違えるくらい外側が硬くて中身がみっしり詰まってるからってだけです。ちゃんと水にさらさないと渋いから気をつけてくださいね」

なるほど、それは楽しみだね！

アリスちゃんは何か取れました？

「あ、さっき鳥をゲットしてきました」

わあ！　鳥！

動物性タンパク質が手に入ったのは嬉しいサプライズだね！

どんな鳥かな？

「地球にいるかどうかはわからないのですが、鳩《はと》の仲間です」

鳩かぁ。鳩は日本ではあんまり食べないけど、地中海あたりではポピュラーな食材だね。

イタリアン、中華、フレンチなんかでもたまに出てくるよ。

「なるほど。じゃあシェフ・ラビットにとってはお手の物ですね！」

基本的には丸鶏《まるどり》の捌き方と同じはずだから大丈夫だと思うよ。

「流石《さすが》はシェフ！　では、これをお願いします！」

へぇー、これがこっちの鳩……。

鳩？

アリスちゃん、これが……こっちの世界の普通の鳩？

「ん？　鳩ですよ？　見ての通りです」

……クチバシが黒くて……。

胸元は鮮やかな赤色で……。

なーんか、どこかで見た覚えがあるような……。

具体的には上野の博物館あたりで……。

「あ、地球にもいるんですね。リョコウバト」

ふーん。

リョコウバト。

……リョコウバトぉ!?

「けっこう美味しいですよ。私の地元にもよくいるので子供の頃からよく食べてました。ここで見つけられたのはラッキーでしたね」

え、待って。

リョコウバト、食べるの？

「あれ？　もしかして地球の人ってリョコウバト食べないんですか？　美味しいのに？」

美味しいんだ……。

「串焼きとか美味しいですよ。炭で焼いて塩ふりかけて食べたり」

えっと、いや、そういう文化があるのは尊重するんだ。

いいと思うよ。

でも、ほら、あるじゃん。

「あるって、何があるんです？」

絶滅の危機とか。

「え？　リョコウバトが絶滅……？　まっさかー！　どんだけ乱獲すれば起きるんですかそれ」

い、いや、ありえるんじゃないかなぁ……。

「地球だと絶滅したとか？」

うん。

「あっはっは。ないない、それはないです。ありえませんって。仮に事実だとしたらそちらの世界だと数が少なかったんだと思いますが、こっちの世界じゃニワトリの方が希少種ですよ。ほらほら、気にせず食べましょうよ！」

マジか。

食べちゃっていいんだ。

「で、どんな料理にします？」

ナスと鳥の肉だから、あとは地球産のトマトとニンニクを使ってリョコウバトとナスのトマト煮込みとかどうかな。

「あっ、いいですねー！　パスタとか茹《ゆ》でて合わせても美味しそうです！」

うん。それじゃ、やってみようか。

背徳の異世界クッキングを……。

「背徳って……変なことする気じゃないでしょうね……？」

料理そのものが背徳なんだよ！

◆

幽神霊廟のいつもの部屋で、アリス、誠《まこと》（人形）、翔子《しょうこ》がシェフ・ラビットの動画の反応を見てしみじみと呟《つぶや》いた。

「バズったわ」

「バズりましたね！」

「そりゃバズるに決まってるよ！　なんで絶滅種食べちゃってるのさ！」

誠（人形）が淡々とコメントし、アリスが無邪気に喜び、そして翔子は流石にツッコミを入れざるをえなかった。

「で、でも！　本当にリョコウバトはポピュラーな食材ですってば！　それを絶滅させてる地球人の方がおかしいですって絶対！」

「それは確かに反論できないんだけど、リョコウバトグルメ動画は全世界に流しちゃまずいラインにかすってるってば絶対！」

「そんなのおかしいじゃないですかぁ！」

アリスが怒られて思わず翔子に反論する。

が、なんとなく自分がうっかりやっちゃったことを薄々自覚していた。

「と、ともかく、炎上対策としてリョコウバトの群棲地《ぐんせい》を見つけて撮影しておいてよかった。これがなかったら炎上して事件になるかアカウントＢＡＮされててもおかしくなかったかも」

誠（人形）の言葉に、アリスがしゅんと肩を落とす。

「す、すみません、ちょっといきり立ってしまいました」

「ああ、いや、気にしないで。感覚の違いがあるのは当然だしさ。実際ヴィマじゃ悪くもなんともないことなんだし。ただ、何かすれ違いがあったときに落ち着いて話し合えるといいと思うんだ」

「それもそうなんだよねぇ……。ごめん、あたしも言い過ぎたよ」

「いえそんな、謝らないでください！」

アリスが慌てて翔子の謝罪を止める。

それを見て、誠（人形）が微笑《ほほえ》ましいものを見る目で見ていた。

「……しかしあんた、少女らしい振る舞いが堂に入ってるね……。違和感なさすぎてヤバいよ。元の体に戻ったときが心配なくらいさ」

誠（人形）の笑顔を見て、翔子が何とも複雑そうな表情を浮かべた。

「いやいや、流石に演技だよ？　カメラ回ってたら中途半端な方が恥ずかしいし」

「にしたって……ねえ？」

「ですよね……」

翔子とアリスが意味深に目配せして頷《うなず》き合う。

「な、なんだよ二人とも……？」

「だってマコト……。この読者コメント見てくださいよ……」

「ん？」

アリスが見せたコメント欄に、誠（人形）は冷や汗を流した。

『アリスちゃんとも、セリーヌさんとも違う正統派美少女だ』

『わかる。他の女の子にはない謎の美少女感がある。あざといけどそれがいい』

『この子、日本人っぽいけど違うよね？　感覚は日本人っぽいけど、ここまで美人だったら今まで騒がれないはずもないよな……誰だ……？』

『この耳って本物？　めちゃめちゃ可愛《かわい》い』

『結婚してほしい』

『課金するからファン専用コンテンツ作って』

『ガチ恋勢になります』

『さっさと百合《ゆり》婚してくれ。そうでないと百合に挟まる男を目指してしまう』

『もう少しケモ度がほしい。これでマズルがあればパーフェクトだった』

そこには、誠（人形）……というより、撮影中のシェフ・ラビットへの重圧を感じるほどの推しへの愛が数多く書き込まれていた。

「マジか」

「マジですよ。フォロワーも5万くらい増えましたし……。有名なイラストレーターさんとか、天下一《てんかいち》ゆみみさんみたいなVtuberが推してくれてますし、イラスト系SNSでファンアートが投稿されまくってます。私とシェフ・ラビットちゃんのえっちなイラストもあるみたいなんですが、描いてるイラストレーターさんからブロックされててよくわかりません」

「年齢制限付きのイラスト投稿する人、見つからないようにあえて推しをブロックするんだよな……」

アリスと誠（人形）は顔を見合わせて頭を抱えた。

ここまでの反応を得られるとは二人とも予想外であった。

誠（人形）とセリーヌの対決のための前フリにすぎなかったのに、これがメインコンテンツ扱いになってしまいそうな勢いだ。

「ていうか、本題はセリーヌさんって人と誠（人形）の決闘だろ？　他にも体を慣らしたり色々とやることはあるんじゃないかい？」

と、翔子が呆《あき》れ気味にツッコミを入れた。

「あ、そっちは順調ですね。まだ編集前なんですが、撮ってみた動画があるので……」

アリスがパソコンを操作して、動画を再生した。

ディスプレイに映されたものは、可愛らしい少女シェフ・ラビットがぴょんぴょん跳ねたり、魔物の攻撃を避けたりしているというものだ。

それは明らかに、地球の一般人の体のスペックではなかった。

3メートルもの高さを軽々と跳躍し、野生動物に近い速度でのダッシュもできる。10 0キロを超えてそうな岩を軽々と持ち上げた。

動画の最初の方は自分のスペックに怯《おび》えておっかなびっくりな動きではあったが、次第に慣れてくると俊敏な動きで竜の攻撃を避けたり、イービルプラント……枝を鞭《むち》のようにしならせて攻撃してくる魔物や、骸骨が動くタイプのボーンウォリアーという魔物をキックで倒していた。

「……誠って、ケンカ強かったっけ」

翔子が、ぽかんとした顔で尋ねた。

「いやケンカなんて全然だよ。ただこの体……っていうか耳かな」

「ウサ耳かい？　なんか本物っぽいけど」

「ハンターラビットってウサギ形の魔物の耳らしいんだ。これがなんか不思議な力を発揮して、敏捷性《びんしょうせい》とか筋力とか勇猛さがバフされるんだって。そのせいか恐怖感がちょっと麻痺《まひ》してる感じするんだよな……自分で言っててちょっと怖いなこれ。副作用とかはないらしいんだけど」

　誠（人形）が腕を組んで悩ましげな顔をする。

　だが翔子はそれを、物欲しそうな目でじぃ〜〜〜っと見ていた。

「確かに怖いんだけど……でもちょっと羨ましいじゃないのさ……」

「後でスプリガンに頼んでくれ。一応、俺からもお願いしとくからさ」

「頼んだよ……！」

　翔子がにまにまと嬉《うれ》しそうに笑みを浮かべる。

　そしてアリスは、自慢げに胸を張っていた。

「というわけで、凄《すご》いでしょう？　これならば特に問題ないと思うんですよ」

「……そうかな」

　だが、誠（人形）は心配そうに言葉を漏らした。

「ん？　何か心配があるんですか？」

「この体のスペックの凄さは十分にわかったつもりなんだ。でも、セリーヌさんの使う『地の権能』に勝てるイメージがあんまり湧かないんだよな……」

ああ、とアリスは納得した。

セリーヌの権能は確かに凄い。

また王族の一人であるが、戦争に参加する者としての訓練は受けており、達人というほどではなくとも剣技は学んでいるし基礎体力も一般人よりは遥《はる》かに上だ。誠（人形）が危機感を感じるのも確かに理解はできる。

「大丈夫ですよ。これがもし仮に、草原や荒野であったならば勝ち目はなかったかと思います。自然の大地の力を借りるものですから、そういった場所ではまさしく無敵です。しかし今回の対決の場所はランダの支配領域。地面はなく上下左右のすべてが人工物です。あまり心配せずともよいと思いますよ」

「あ、そうなんだ」

「屋内でも石や鉱物を生み出して盾や防壁にしたりはできますが、野外のように数百や千を超える兵を守る砦《とりで》を作り上げたりというのはできないはずです。自分のための防壁を作るくらいはできますでしょうけど」

「その時点でけっこうブッ飛んでるんだけど」

「い、いや、でも、身を守る盾にしたり、あるいは石を弾丸のように撃ち出して魔物を倒したりはできますけど、ランダの領域の罠《わな》を回避するのにはそこまで役立たないような……」

「いや、それがさぁ……色々試してるみたいなんだよね」

と言って、誠（人形）は動画をアリスに見せてきた。

それはセリーヌのチャンネルのものだ。

そこには、アリスが知らないセリーヌの姿があった。

『わたくし、この世界のげーむ？　というものを見て思いついたのです。わたくしの権能を使って似たようなことができるなぁって』

動画の中でセリーヌはそう言って、霊廟《れいびょう》の中の草原で空中を動き回っていた。

高らかにジャンプしたと思うと、その着地点に石柱を地面からずもももと生み出して着地し、さらにもう一度跳躍したかと思えば、さらに大きな石柱を生み出して着地点にした。それを何度も繰り返して、平坦《へいたん》なところから5メートルや10メートルの高さにまで到達している。

『はっ！　よっ！　それっ！』

声を上げながらぴょんぴょんと飛び跳ねる姿は可愛らしいが、その動画の目的は明らかだ。ランダの領域を攻略するために、自分の能力を色々と試している。

「どう？」

「…………厳しいかもです。ごめんなさい、セリーヌがこういうことをするとは予想できてませんでした」

アリスは、しまったという顔でうめいた。

「というわけで、ちょっと対策を考えようと思う。もっとこの体のスペックを試してみたいし……それに、一度やってみなきゃいけないこともあるし」

誠《まこと》（人形）が神妙な顔をして言った。

「やってみなきゃいけないこと？」

なんだっけ、とアリスは首をひねる。

今の人形の体でしかできないことはすでに色々とチャレンジしている。

配信や趣味という意味ではやりたいことはそれこそ無数にあるが、対決のためにやるべきことはそんなにはない。

「あー、なんかすごく言いにくいんだけど……てかやりたくはないんだけど……」

誠（人形）が珍しく嫌そうな顔をしている。

あまり不愉快を表に出すことのない人の姿に、アリスはますます疑問を深めた。

「一体なんでしょうか？」

「……死ぬこと」

誠（人形）とランダの待ち合わせ場所は、ガーゴイルがいる霊廟1階層の中央だった。

「ていうかあたし忙しいし、そもそも対決の立会人みたいなもんだから軽々しく手助けするのはちょっとどうかと思うんだけど？」

とか言いながら、ランダに預けているスマホに連絡を取ったらすぐさま来てくれた。

不満たらたらな言葉を発している割りに、実際の行動と合っていない。

「ありがとう。こういうのはなかなか他の人には頼めなくて」

「別にガーゴイルとかでもいいじゃないの」

「儂《わし》はイヤじゃよ。血なまぐさいのはナシナシ。儂の仕事は案内人じゃもーん」

ガーゴイルはやる気なさそうに、だらりと床に寝そべって漫画本を読んでいた。

本来ガーゴイルがいた台座の横には、テーブルと漫画本の本棚が置かれている。本棚の最上段にはスプリガンが作ったと思《おぼ》しき完成したプラモデルやガレージキットが飾られていて、ニッパーや塗料などもある。

ずいぶん俗っぽい空間になったものだなぁと、誠（人形）は内心で苦笑した。

「と、ガーゴイルはこの通りやる気ないし、スプリガンは……加減を間違えそうで怖い」

「そ、それもそうね……」

スプリガンは悪い子ではないが、少々雑なところがある。

手先は器用だが死生観は少々緩い。

ランダも誠（人形）もそれをよく理解していた。

「ま、殺してくださいだなんてご指名されたら来ないわけにもいかないものね」

ランダが嗜虐《しぎゃくてき》的な笑みを浮かべた。

ちょっと人選間違ったかなと誠（人形）は思いつつも、仕方ないとばかりに頷《うなず》く。

「うん。頼む。手伝ってくれた報酬も出すから」

「そうこなくっちゃ。……でも、あんた一人なの？　アリスは？」

「あー……アリスに見せたくないんだよなぁ」

「情けない姿を彼女に見せたくないってやつ？　やめときなさいよそーゆーの。乙女心をわかってないわねぇ」

「それもあるけど、ランダが俺を殺すシーンとか見られたらアリスが根に持つこともありえなくはないというか……」

「うっ」

誠（人形）の懸念に、ランダは納得してしまったかのように呻《うめ》いた。

「いやもちろんアリスは道理を弁《わきま》えてる子だよ。そうではあるけど、ランダってアリスが挑戦しに来たら受けて立つ義務があるわけだし……」

「わかった、わかったわよ」

「というわけで、協力お願いします」

ふん、と不満を隠さないランダだったが、渋々頷いた。

「……でも、そう何度もやらないわよ。ていうか1回しかやらない」

「あ、そうなの？　なんで？」

「今のあんたの体……原初の土はけっこう貴重なのよ。純金と負けず劣らずってところね」

「えっ、そんなに!?」

「人間の魂を定着させるような素材が安いわけないでしょ。しかも、一度壊れちゃえばただの土に戻る。消耗品ってわけ。だからあんたの次の体も持ってきてあげてるわ」

ランダはそう言って、地べたに転がっている人形を指さした。

霊が宿っている体が破壊されたときに、こちらの人形に魂が移動して復活するらしい。

扱いが雑なので誠（人形）は大したものではないと思っていたが、単にスプリガンもランダも性格がちょっと雑なだけだった。

「……そうかぁ。じゃあ、配信で無茶するわけにもいかないか」

「ま、1回体験すれば十分よ。1回目で心が折れなければそれで2回目も3回目もまず大丈夫。そういうものよ」

ランダの言葉に、誠（人形）はごくりと唾を飲み込んだ。

アリスも、ランダも、そして恐らくはセリーヌも、死を体験しているに違いない。それを思えば、体験しなければいけないという使命感に似たものを誠（人形）は感じていた。

「それじゃあ、早速……」

「もう終わった」

「え？」

ランダの指先が、まるで銃口のごとく誠（人形）の方を向いていた。

すでに魔法の火の弾か何かを放った後だ。誠（人形）は認識さえできなかった。

気付いたときには胸の穴から血がこぼれ落ちていく。

熱で焼けただれて血管が塞がっているために、血の量は思ったほど多くはない。

だがそれでも、とても大事な何かが流れ落ちていくような気がする。

「心臓を撃ち抜いたわ。血が流れてないのに、何かが溢《あふ》れている感じがするでしょう？

それはあなたの魂がこぼれ落ちているの」

「え、あ……」

呼吸ができない。

手足の感覚がなくなる。

まるで氷漬けにされているかのように寒いのに、なくなっているはずの心臓がやたらと熱く感じる。眼《め》の前が暗くなり、ランダの声もかすかにしか聞こえない。永遠にも感じる闇が訪れる。

思考もなく時間の感覚もなく、何もかもが無であるという感覚。

「……あれ？」

その闇が、気付けばなくなっていた。

先程まで魂が込められていた体は、ランダの言葉通り、ただの土くれとなっている。

水分も失われて、風が吹けば砂となってどこかへ飛んでいきそうだ。

それを着ている服だけが押し留《とど》めていた。

そして新たな体は驚くほど何もない。

心臓は鼓動している。

「気付いたようじゃな。調子はどうじゃ？」

「てか服着て」

ガーゴイルが心配そうに声をかけた。

そしてランダに言われて、誠（人形）は今の自分が裸であると気付く。

だが服を着ることもなく、裸のままその場にへたりこんでしまった。

「ヤバい。これはキツい」

死の瞬間の恐ろしさに、遅まきながら気付いて、誠（人形）は怯《おび》えていた。

体育座りになって膝を抱き、ぶるぶると震えている。

「そりゃそうよ。戦争なんかで死に慣れちゃってるのが異常なのよ。1回だけでいいって
言った意味、わかったでしょ？」

「身に染みてわかったよ」

何度もやるようなことじゃない。

どうしても、そうせざるをえないからやるものだ。

それを潜《くぐ》り抜けてきたアリスの強さを、ようやくわかった気がした。

「……あいつらとかあたしとかと一緒にいるの、怖くなってきてるはずよ。それが普通だわ。血なまぐさい仕事をしてる連中と一緒にいると、死の距離が近くなる。自分もまたこういう目に遭うかもって思うだけで怖くなる。他人の死と復活だって見てて気持ちのいいもんじゃないしね」

遠い目をするランダに、誠（人形）は少し意地悪な問いを投げかけた。

「……ランダはさ。ここで俺が『鏡』の前からいなくなるかもとか、思ったでしょ？」

「むしろ、心を折りに来るなら自分が適任だとか、そういうこと考えた？」

「思ったわ」

「はぁ？　んなわけないでしょ。そっちのゲームみたいな攻撃魔法を考えたから、丁度実験台がほしかったのよ」

その嗜虐的な言葉の裏側に、誠（人形）はしみじみとした優しさを感じた。

「ありがとう、ランダ」

「あんたさー、話聞いてた？」

あーもう、とランダは頭をがしがしと掻《か》いた。

ガーゴイルと誠（人形）が目を合わせて忍び笑いを浮かべる。

「……さて、メシにしようか」

「メシ？　あるの？」

「うん。こっちで料理してアリスに食べさせたいなって思ってさ。実験台になってよ」

「あんたもたまに口が悪いわね」

誠（人形）が、持ってきたザックの中身を取り出した。

そこに入っていたのは、カセットボンベだ。

「って、ここで料理するわけ？」

「アウトドア料理も楽しいもんだよ」

そして携帯コンロと鍋、調味料、ジッパー付きのポリ袋をどんどん取り出していく。ポリ袋の中には、ステーキ用の牛肉が入っていた。

「……何作るのよ」

ランダが興味津々で聞いてきた。

「ステーキだよ。スパイス塩で下味を付けて、シンプルに両面を焼くだけ」

カセットボンベをコンロに取り付けて点火した。

小さな火は、魂のようだと誠（人形）は感じた。そのゆらめきに吸い込まれそうになるのをこらえて、フライパンに牛脂を溶かして肉を焼く。

「うおっ、あっつ!?」

だが、油ハネが誠（人形）の肌を焼いた。

「だから服着なさいって！ったくもー、あたしのジャージ貸してやるから」

「それは俺がアリスにあげて、更にランダに渡ったやつだったような……」

ランダは服をあまり持っていない。

普段身につけている鎧《よろい》や、鎧の下に身に着けているインナーは魔力で生み出したもので、魔力を節約しているときは素朴を超えてちょっと原始的な貫頭衣を着ている。アリスが誠《まこと》の許可を取り、何着か服をランダに渡していた。

「この姿でジャージ着るの、シュールだな……」

「ところでお米はあるんじゃろうな？　肉と言えば米じゃろう」

「お湯入れて待てば出来上がるやつ持ってきたよ。非常食だけど、そろそろ消費しないといけなくてさ」

「もっと美味《おい》しいの用意しなさいよ、まったく。点線のところまでお湯を入れればいいのね？」

「そうそう。普通の炊飯器で炊くよりちょっと固いけど、これはこれで美味しいと思う」

ランダが勝手にレトルトパウチを開けて湯を注いだ。

そうこうする内にステーキに火が通っていく。

香ばしい香りが周囲に充満していく。

「……【アイテムボックス】」

ランダが魔法を唱えて、空間に穴を空けた。

異次元に物を保存しておくという不可思議な魔法だ。

「ほら、ビールあげるわ」

「それも俺があげたやつ……」

「いいから飲みなさい」

三人は同時にプルタブを開けた。

無言のままぐいっと飲み、そして無言のままステーキを切り分けて頬張る。

「……美味《うま》い」

「やっぱあんた、料理上手《うま》いわ……。ただの肉なのに美味しいじゃない。これだけは認めてあげるわ」

「うむ……こうして食べるのも悪くはないのう」

「美味い。めちゃめちゃ美味い。命の味だ」

三人は一枚のステーキをぺろりと平らげた。

当然それで満腹になることはなく、２枚目のステーキ肉をフライパンに投入する。

渇望を満たすように誠（人形）は肉を食べ、酒を飲んだ。

ランダとガーゴイルも食べた。

気だるい満足感が訪れるまで、それは続いた。

「あー、ようやく回復してきた……。ごめん、ちょっとパニクってた」

誠（人形）は、食事と酒を摂って休憩してようやくメンタルが回復してきた。

「立ち直るの、けっこう早い方だと思うわよ。復活しても何も言わずに逃げ出すやつだっているんだから」

「いや、気持ちわかるよ。自分が戦争に駆り出された兵士とかだったら逃げてたかも」

「それはそれでまともな証拠よ。あいつらも、色恋沙汰で命を賭けるあんたも、イカれてるわ」

ランダの無遠慮な言葉に、誠（人形）はくっくと笑う。

客観的な指摘も、事実に基づく罵声も、ときとして癒やしになる。

誠（人形）はそれをしみじみ感じていた。

「今更言うのもアレだけどさー、こんなことやる必要ないんじゃないの？」

「いや、これやっとかないと、セリーヌさんとの対決で……」

「その対決そのものよ。何言われたって無視しときゃいいじゃない。そのうち帰るわよ。ああいう輩《やから》はやんなきゃいけないこと山積みなんだから、どっかのタイミングで損切りするわ」

「あー……」

「アリスはあんたの世界に行きたがるでしょうけど、あんたをこっちの世界に連れてこようとは思ってない。こっちであんたとイチャつけるのは嬉《うれ》しいでしょうけどね」

「触ると弾《はじ》かれるけどね」

「その人形の体でも、やろうと思えばやれることはいくらでもあるわよ。工夫次第」

「いやえっちなことは禁止じゃって」

「あんたも情緒がないわねまったく……。けど、そういう欲望がないなら逆に不安だわ。あんた、わかってるの？」

ランダはガーゴイルの苦言をつまらないとばかりに流し、少し真面目な表情で誠（人形）の顔を見た。

「な、なにが？」

「やせ細った哀れな野良猫を可愛《かわい》がりたいだけなら、このへんが引き際よ。こっちの世界は、あんたの世界ほど平和でもお気楽でもないの。それを思い知ったでしょう？　ただの善意で何とかなるようなところじゃないのよ」

「まあ、うん」

「もちろん、あんたのタブレットやら何やらを見て戦争とか疫病が流行《はや》ってるのは知ってるわ。でもそういうものを一介の料理人が何不自由なく使える時点でこっちとは全然違う。

『こっちの世界だって大変だよ』みたいな物言いしたらブッ殺すわよ」

「無自覚に言いかねないところではあったかも」

「あらそう。もう一回殺すチャンスがなくなって残念だわ」

ぶっきらぼうなランダの態度に、誠（人形）は苦笑した。

「……アリスを初めて『鏡』の前で見たとき、色々とヤバかったよ。本当に幽霊かと思ったし、幽霊じゃないなってわかったら自殺志願者に見えた」

「……ふぅん」

「やせ細った哀れな野良猫を可愛がりたいって感覚があるかっていうと、あるよ。でも俺、料理人だからさ。お腹《なか》を空《す》かせた人に食事を出すのが仕事だし、それがボランティアや奉仕でやってけないってことも理解してるつもりだ。自分自身が健康で強くなきゃ、人のお腹を満たすことも、仕事をすることも、満足にできないからさ」

「それね。自分のことも救えないやつが他人を助けようだなんて滑稽な話よ」

「ていうか俺なんかよりアリスの方が強いしな。たまたま最初に会ったときはアリスが弱ってただけでさ」

誠（人形）が苦笑した。

「だから今はもう俺の方が助けられてるのは本当だよ。アリス自身、そこをあんまりわかってなさそうだけど」

「あの子、抜けてるところはあるわね」

「アリスは俺の方の世界に合わせて、俺のスタイルを受け入れてくれた。配信者にもなってくれた。だから今度は、俺がアリスの世界のスタイルで、どこまでやれるかやってみたいんだ」

ランダはその言葉を、普段は決して浮かべない優しい表情で聞いた。

「ここで引き際だ、逃げたってなんのダメージもないって言われても、ノコノコ帰る気はないよ。セリーヌさんが俺に決闘を持ち掛けてくれたのは感謝したいくらいだ。アリスのために体を張れる機会が来たんだから」

「そう……。ま、ほどほどにがんばりなさいよ」

「ま、見ててよ」

「見ててあげるわ」

ランダは静かに頷《うなず》く。

だが、誠（人形）の言葉を聞き届けた後、妙に怒ったような表情を浮かべた。

「でもそれ、本来の体で、あんたの彼女に言ってやんなきゃ意味ないでしょ。ウサ耳つけた女の子の体であたしに言ってどーすんのよバカじゃないの」

「聞いたのそっちでしょ!?」

混乱する誠（人形）を見てランダがぎゃははと笑う。

誠（人形）は、まったくもうとランダの口の悪さに閉口しながら調理器具を片付け始めた。カセットボンベやバーナーを再びザックに戻していく。

「……あんたが100年くらい早く生まれてきてたら、あたしの人生ももうちょっと面白かったかもね」

ぼそりという言葉は、誰にも届かずに隙間風の中に消えた。

「ん？　なんか言った？」

「なんでもない！　ともかく、そこまで言うなら無様な姿をさらすんじゃないわよ！」

「もちろん。……ていうか今回、俺に勝ち目あると思う？」

「勝負する前にビビってるやつに勝ち目はないわね」

「手厳しい」

「でもね」

ランダが言葉を切り、ネズミをいたぶる猫のような笑みを浮かべる。

「権能があろうがなかろうが、簡単に攻略されるような迷宮を作るつもりはないわよ。今回は地下20階層に適した難易度とか面倒なこと考えなくていいからね。存分に遊んであげるわ」

「……そりゃ頼もしい」

「『地の聖女』にも伝えておくけど、復活の回数は3回まで。人形の数も限られてるし、生身の人間だって何度も復活したら魂にダメージが蓄積するから、短時間でやるべきものじゃないの」

「じゃあ、その回数分だけ人形を用意してくれるってわけか」

「あんたの世界の言葉でいうと……残機制ってやつかしら」

「ランダ、ゲームとかやるんだ」

「い、いいじゃないの別に！　スプリガンが暇なときに一緒に遊ぼうって来るのよ！」

「いや別にダメと言ってるわけじゃないけど……レトロゲーがインストール済みの携帯ゲーム機とか、確か翔子《しようこ》姉さんが買うだけ買って積んでたし、こんど貸してくれないか頼んでみるよ」

「ほんと!?」

「だから、もう一つ質問あるけどいいかな？」

「あなたそういうところふてぶてしいわね……。言っとくけど、有利になるような情報は教えないわよ。迷宮の構造とか」

「もちろん聞かないって。人形の姿とかサイズとかって、好きに変えられるのかな？」

「え、人形の姿……？」

予想していなかった質問だったのか、ランダは顎に手を当てて真面目に考えた。

「……姿は大きくは変わらないと思う。魂が人形に移ったときの姿はこれだって、あんたの認識に強く刷り込まれている。スプリガンが人形に細工をして女の子をデフォルトにしちゃったからね」

「こればっかりは俺も予想外だった」

「トレーニングを積んでイマジネーションを育めばもしかしたら本来の体と同じ男性の姿になったりはできるかもしれないけど、決闘までは到底間に合わないと思うわ」

「姿は了解。サイズは？」

「姿の認識よりは自由度は高いでしょうね。でも原初の土の量が問題になるわ。2倍3倍に大きくするほど無駄遣いできないわよ。ていうか流石《さすが》にレギュレーション違反でしょ。復活の回数は限られる。だからあんたが消費できる原初の土にも限りがあるってこと」

「……ってことは」

「ってことは？」

誠《まこと》（人形）が意味深に微笑《ほほえ》み、ランダが首をかしげた。

「土を無駄遣いしなければ、ちょっといじるくらいはいいって解釈かな？」

そう語る誠（人形）の視線の先には、本棚の上に飾られているプラモデルがあった。

◆

アリスには恋がわからぬ。

アリスは元聖女で配信者である。剣を振り、動画を配信して暮らしていた。

けれども恋愛に対しては人一倍にクソザコであった。

「なーんか、仲良くなってませーん？」

「え？　そ、そう？」

じっとりとした目で見つめてくるアリスに、誠（人形）が慌てて首を横に振った。

だがランダはにんまりと笑みを浮かべる。

「秘密の会話はしたわよ。決まってるじゃないの」

「むむっ！」

アリスは誠（人形）を恨めしげに睨《にら》み、そして誠（人形）も、余計なことは言わないで

くれとランダを見る。

が、ランダはどこ吹く風といった様子だった。

「考えてもみなさいよ。殺されて復活して、みっともなくのたうち回ったんだもの。秘密にするわよそりゃ。あんたこそ初めて死んで蘇生《そせい》されたときのこと、打ち明けられる？　あたしの知ってる限り、蘇生ってのは大の男が泣いて漏らして『おうちに帰らせてください』って懇願することだって珍しくなかったわ」

「……それは、そうですが。だからこそ一緒にいてあげたいというか……」

アリスは怒気を収め、いじいじと指を合わせる。

「だからこそ見せたくないもんでしょ。あんた本当、男心がわからないやつね」

「なっ、な、なんですってぇ！　そういう言い方、どーかと思うんですけど！」

「悔しかったら結婚でもなんでもすることね、行かず聖女さん」

その言葉は予想外にアリスに刺さった。

セリーヌから結婚観について叱られたばかりというのもあり、くらっと来た。

「安心しなさい。冴《さ》えない料理人なんてあたしの趣味じゃないわよ。あんたと違って」

「というか何かあったような前提で話を進められても困るんだけど。そもそもガーゴイルがいたから二人きりってわけじゃなかったし」

そういえばそうだとアリスは納得し、狼狽《ろうばい》した自分自身に顔を赤らめていた。

ランダと誠（人形）が苦笑を浮かべる。

「それと誠。一応言っとくけど、あんたに説明したようなことは地の聖女にも伝えておくわよ。フェアに勝負なさい」

「もちろん……って、そういえばセリーヌさんとスプリガンっているはずなのに全然すれ違ってないな。ずっと霊廟《れいびょう》の中に潜ってるの？」

はて、と誠（人形）が首を傾《かし》げた。

「潜ってるわよ。スプリガンに鉱石とか提供するかわりに、寝床とか食料をもらってるって感じね」

「なるほど。食事に来ないからちょっと心配だった」

「決闘相手のあんたから施しを受けるわけにもいかないでしょ。もっと殺伐とした決闘だったら毒を仕込まれてもおかしくはないわけだし」

「しないよそんなこと!?」

ランダが呆《あき》れ気味に反応し、アリスも苦笑した。

彼の人のよさを困ったなぁと思いつつも嫌いではない。

「さて、そろそろあたし帰るわ」

「わかった。ありがとう」

「まったくもう……ありがとうございました」

ランダが返事もせずに去っていく。

部屋には、アリスと誠（人形）が取り残された。

「マコト、本当に大丈夫ですか？」

「うん……と言いたいところだけどめちゃめちゃ疲れた……」

「無理もありません。ゆっくり休んでください」

労《ねぎら》ってあげたいと思いつつも、その体に触れることはできない。

アリスはそれがひどく恨めしく、もどかしかった。

「アリスもありがとね。俺がトレーニングしてる間、動画編集とか任せちゃって」

「まだまだ不慣れでわからないところ多くて……スプリガンが羨ましいです」

「どのへんがわからない？　椅子、座って」

誠（人形）がパソコンデスクの横に立って椅子を引いた。

「え、あ、はい」

アリスは促されるままに椅子に腰掛けた。

動画編集アプリを立ち上げて、誠（人形）に見せる。

声も身長も違うはずなのに、そこには確かに、馴染《なじ》みある顔と姿の誠の気配があった。

「え、えっと、前編後編が分かれてる動画を作るとして、後編のときにおさらい的な感じで前編の場面を抜粋した動画を流したいなって……」

内心の動揺を隠すようにアリスは説明した。

誠（人形）が椅子の背もたれに手を置く。

肩を抱かれるような錯覚にますます胸が高鳴る。

「あー……。それをやろうとすると作業量がけっこう大変じゃないかな。字幕の付いてる場面を静止画として幾つか出すとか、その方が楽じゃない？」

「そ、そうですね！」

「10分の動画の大事な場面を10秒に圧縮するの、かなりセンスいるしなぁ……。あ、でも、動画編集のトレーニングには良いと思う。ちょっとやってみよっか？」

食欲をそそる匂いがする。

アリスは、その気配の正体に気付いた。

「や、やりたいですけど、今はシェフ・ラビットちゃんの動画を完成させてからにします。決闘の日が近いですし、動画を出して盛り上げないと」

「セリーヌさんも色々とやってるしなぁ……効率優先でいこうか」

少女らしい匂いとは別に、本来の誠の匂いがするのだ。

正確には、誠の衣服にそれとなく染み付いた食材と香辛料の匂いだ。

アリスは初めて食べたカレーの味を思い出す。

「今日は何を作ったんですか？」

「あ、ごめん、臭かった？」

くんくんと自分の服の匂いをかぐ誠（人形）にアリスは苦笑を浮かべた。

「構いません。料理人から料理の匂いがするのは当たり前です」

あなたから漂う美味《おい》しい匂いは好きです、とアリスは言いかけて止めた。

なんだかまるで、自分が果てしない食いしん坊のようだ。

だが実際、アリスにとっては真実の香りだ。

彼の優しさ、彼の望む生き方をまさに体現しているのだから。

「私に隠れて何か料理してたのはちょっとズルいなと思いますけど」

「今度作るよ。ちゃんとこっちで火が使えるか確かめてからにしたかったし」

「約束ですよ」

すぐ側《そば》にいるのに、触れられないのがもどかしい。

だが彼の香りは、彼がすぐ隣にいることを証明してくれている。

今はまだ、それでよかった。

もう10年以上も昔の話だ。

セリーヌは12歳になった頃に『地』の権能に目覚めて聖女と認定された。

周囲は歓喜に湧き上がった。

本来、権能が誰に宿るのかなどわからない。権能を扱う素養がない人間に権能が宿ることはないため、余命幾ばくもない老人や病人に宿ることはないが、それ以上の法則性はない。だから人々はまさしく神の意思と捉えている。

ゆえに『天』の聖女と『地』の聖女が王族から見出《みいだ》されたことはまさしく当代の王の治世が神々に認められていることの証明であった。

だからアリスが『人』の聖女として見出されたとき、王侯貴族は困惑を覚え、そして天地二人の聖女と比べて冷淡な対応となった。

だがそれでもなお、アリスにとっては過分な厚遇であったようだ。

聖女と認定された平民は一代貴族の騎士爵が与えられるため、王宮に招かれて聖女の認定式典、そして騎士叙任式にも出なければいけない。

そのときのアリスの姿は、まさしく馬子にも衣装といった風情だった。

大急ぎで用意した鎧《よろい》はアリスの身の丈に合っておらずぶかぶかで、何度も転びそうになって失笑が漏れる。王の代理であるダモス王子は、苦々しい表情を浮かべながらアリスが言うべき台詞《せりふ》を耳打ちしており、厳かな式典の場では参列者の耳にも入ってしまう。

「最後にお前は、神々に与えられし権能と、王より授けられし剣に、我が身を捧《ささ》げることを誓いますと言うのだ、わかったな？」

「はい！　神々に与えられし権能と、王より授けられし剣に、我が身を捧げることを誓います！」

「剣を授けられる前に言ってどうする！　我が剣を授けてから言うのだ！　段取りを覚えておけ！」

「ああっ、すみません！　忘れてました！」

もはや耳打ちさえ忘れて王子は怒り、アリスはどひゃあとびっくりして素直に忘れてたと白状し、失笑が爆笑へと変わった。

だが、セリーヌはまるで笑えなかった。

ダモス王はどこか酷薄なところがある。『天の聖女』のライバルとなりかねない『人の聖女』の謀殺を考えていても不思議はない。

どうにかこうにか儀式を終えた後の宴席では、アリスは人形のように大人しくしていた。恐らく自分からは何もするなと言い含められたのだろうとセリーヌはすぐに理解した。アリスへ挨拶しに行く列席者はいない。政治的な価値はなく、そうでなくとも無礼で不躾《ぶしつけ》な平民に喜んで話しかける者もいない。

とはいえ、どうしても挨拶を交わさなければならない立場の人間もいた。

セリーヌ本人だ。

セリーヌはまだアリスと会話をしていなかった。同じ聖女であり今後も長い付き合いになるからには、他の貴族のように「そこにいない者」として扱うことはできない。

面倒にならなければよいが、という不安を押し隠してセリーヌはアリスに声をかけた。

「はじめまして。あなたと同じ聖女のセリーヌと申します。慣れないところで大変だとは思いますが、一緒にがんばりましょうね」

アリスは驚いて、そして目をきょろきょろさせた。

誰かに怒られやしないかと心配する子供のような素振りに、苦笑と不安が湧き上がる。

だが今、ダモス王子は他の賓客の応対で手一杯であることをすぐに悟ったようだ。

「大丈夫ですよ。うるさい人は見ていません」

「そうみたいね！」

アリスの不安そうな顔はすぐに破顔して、喜びを露《あら》わにした。

声が大きいと注意しようと思った瞬間、セリーヌの手がぎゅっと握られた。

「あ、え……？」

あまりにも遠慮のない仕草に度肝を抜かれた。

セリーヌには、友がいない。

気心の知れた侍女はいるし、年の近い兄弟姉妹や親戚も多い。だがそれでも身分の違いや一族の中での派閥というものがあり、その中でもっとも血筋が確かで才覚があるセリーヌは誰からも尊重され、そしてどこかで妬まれている。あけすけな本音を話せる人などどこにもいない。

「よかったー、偉そうな大人ばっかりだったから緊張してたの！　あなたみたいに可愛《かわい》い子が聖女だって安心した！」

だから打算も何もない率直な感情をぶつけられて、セリーヌはただただ困惑した。

「あ、は、はい……」

「セリーヌちゃんはどこから来たの？　あ、私は」

「あ、わ、わたくしは西部のクレアト領で……」

「えっ、ほんと⁉　同郷だ！」

同郷ということは、アリスは決してセリーヌに逆らえる身分ではない。

もちろん今は聖女同士で対等な立場となっているので咎《とが》められるものではない。だが、聖女同士であるとか、その領地に住まう者と領地を治める側の者というしがらみとか、人間関係の機微をアリスが気にしている様子はなかった。

偉そうな大人と呼ばれた人々がセリーヌとアリスの会話を耳にしてくすくすと笑う。

そして自分の声が漏れたことに気付いて、あっ、ごめんなさいごめんなさいとアリスがぺこぺこ謝る。

打算に満ちた貴族たちが、体面ばかりを重んじて平民に愚弄されたら烈火の如《ごと》く怒るはずの貴族たちが、まるで孫の微笑《ほほえ》ましい仕草を見るような目でアリスを見ている。

なによりもセリーヌは、最初アリスに感じていた不安や疎ましさが霧が晴れるように消えていくのを感じた。

まるで、花だ。

王宮の庭に咲く丁寧に管理された花壇の花ではない。

何気ない野山に誇らしげに太陽に照らされる、あるがままの自然の花。

その美しさに胸を打たれつつも、セリーヌは思った。

私が守らなければ、このひたすらに愛くるしい花はきっと枯れてしまうのだと。

その陽の気配に照らされて朗らかな気分になっているのは状況がもたらした偶然の要素が大きい。いつの日かアリスが高貴なる人々の不興を買い、その身を滅ぼしてもおかしくはない。

セリーヌは聖女と認定されて正式に軍へと配属されるまでの3ヶ月の間、アリスの世話役を買って出て自分の屋敷に招いた。軍に入れる前にこの国の貴族や聖女としての振る舞いを教え込みたいという願いはすんなりと通った。

アリスを守るための方便ではあったが、その判断を誰もが称賛した。聖女というこの国の秩序の例外でありながら根っからの平民であるアリスの世話係など買って出る者などいなかったからだ。

セリーヌは誰にも邪魔されることなくアリスと交流を育み、まるでアリスの姉のごとく振る舞うようになった。

アリスも、まるで妹のごとくセリーヌに甘えた。

「あなたみたいに賢くて綺麗《きれい》で優しい人、出会ったことなどありません！」

アリスは何のてらいもなくそう言ってのけた。

セリーヌは、優しいと言われることは多い。賢いと言われたのも数え切れない。綺麗だと言われるのはもはやうんざりする。それらの言葉は嘘《うそ》ではないが、セリーヌを褒め称《たた》えることでセリーヌの祖父である先代王への恭順を示す目的がある。

だがアリスは違った。アリスは嫌いなものは嫌いだと言う。ダモス王子だろうと王だろうと、神官長だろうと悪口を言う。それどころかセリーヌにさえ「セリーヌは贅沢《ぜいたく》すぎです」と率直に言うこともある。

だから、アリスの言葉は真実だった。

彼女は唯一、セリーヌに真実を語る少女であった。

だが真実は時として苦い。

喧嘩《けんか》になったこともしょっちゅうあった。

ひどいことを言われて泣かされて、物を投げつけるほど誰かに怒ったのは初めてだった。

ひどいことを言って誰かを泣かせて思わぬ反撃を食らったのも初めてだ。

そして初めて誰かと仲直りをした。

こうして3ヶ月の間セリーヌはアリスと寝食をともにして絆《きずな》を深め、様々なことを教え、逆に様々なことを教わった。

セリーヌの方も貴族社会での振る舞いは完璧であったが、下々の人間との接し方では世間知らずなところがあった。『地の聖女』は大地に影響を与え、砦《とりで》を作り、大地に豊饒《ほうじょう》をもたらす。それゆえに身分が遥《はる》か下の人々と接する上でどうすればよいか、アリスが教えてくれた。

アリスは軍に配属されて、軍の中で厳しい鍛錬を受け、そして対魔王戦争での実戦を経験した。一方でセリーヌは、後方で資源を増産することが主な任務であった。時折、前線での砦の構築のために足を運ぶ機会があって、その度にアリスと再会して話し合った。

会う度に、アリスは成長していった。

貴族としての言葉遣いや立ち居振る舞いは完璧に身に付けていた。

そして聖女として戦う覚悟も。

剣の振り方を覚え、魔法書を読み解き、軍の中の規律に馴染《なじ》み、屋敷にいた頃には出なかった高度で実学的な質問が来た。どうすれば兵や民草が死なずにすむかというテーマが根底にあった。

武勇を誇らしげに語るようになった。失敗を恥ずかしげに語った。戦争が終わったらやりたいことを語った。

嘘をつくようになった。

自分の境遇に対する不満があるはずなのに大丈夫だと言った。嫉妬や悪意を持つ人がいないはずがないのにみんないい人ばかりだと言った。戦争なんて怖くないと言った。

もし仮にアリスが不満を吐露して解決を望んでいたら、セリーヌは応えただろう。少々横紙破りな方法であったとしても権力でなんとかしていた。どうしてもこの場から逃げたいと言ったら、病を捏造《ねつぞう》して治療に当たるという名目を考えていた。事によっては、書類上の死を捏造して異国に逃していたかもしれない。

アリスもセリーヌの心の内をよく理解していた。だから黙った。

あけすけな言葉を交わし、げらげらと笑い、共に同じ食事を摂り、共に野に咲く草花を愛《め》でて、顔を紅潮させて泣きながら喧嘩し、仲直りして同じ布団で眠ったたった3ヶ月の子供時代は終わってしまったのだ。

セリーヌはアリスの動向を気にしつつ自分の使命に邁進《まいしん》した。

魔王を倒して戦争が終われば穏やかな日々がまた訪れることを信じて。

後方に控えて前線を支援するセリーヌにとってもそれは苦しい戦いだった。

戦争の結末が見え始めて戦闘が激化してくると、セリーヌの築いた砦には前線の方から次から次へと重傷の兵や亡骸《なきがら》となった兵が運ばれてくるようになった。

部下の治癒魔法の使い手を率いて彼らを温かく迎え、癒やし、守り、そしてまた前線へと送り出す。一度死の淵《ふち》から蘇《よみがえ》りながら二度目は助からなかった兵もいる。

無力感に包まれるのはセリーヌ自身だけではない。砦で働く者全員にとっての病であり、前線で働く兵にとっての病でもある。

それを鼓舞したのがアリスだ。

多忙な戦闘の合間を縫うように砦を訪れて、倒れて休む兵や砦で働く人々にアリスは言った。

「勝利は目前です！」

「この剣が、我らに勝利の運命をもたらします！」

嘘をつくなと誰もが思った。

ちびで傷だらけの女の子が虚勢を張ったところで誰が信じるものかと。

聖女がどれだけ強かったとしても、相手はそれ以上に強力で、そして恐ろしかった。

魔王の正体は、邪神に見出《みいだ》されて『傀儡《かいらい》』の権能を得た死霊術師である。魔竜や巨人など伝説にのみ存在していた種族の遺体をどこからか見つけ出して、自分に従属する死霊兵として蘇らせてエヴァーン王国軍を攻めた。

『地の聖女』は無尽蔵に資源を生み出せる。『天の聖女』は天候を操作して戦場そのものを自在に操る。だが結局のところ戦う兵は生身の人間である。

魔王は兵そのものを無尽蔵に生み出すことができた。死の恐怖を覚えることなくひたすら忠実に戦い続ける、様々な種族の兵や獣を。

偶然、竜の死霊兵によってアリスが立ち寄っていた砦が襲われたことがあった。

そのときアリスはたった一人で立ち向かった。

勝利は目前だという言葉を証明するかのように、傷も癒えていないアリスは剣を振り、竜の死霊兵を倒してのけた。

それは『人の聖女』の権能があってこそなしえたことではある。セリーヌが呼びかけて砦に潜む兵たちすべてがアリスを必死に応援し、力を与えたからこそ撃退することができた。

だがそれでも、戦いに戦いを重ねて傷を癒やす暇もない少女の果敢な姿に、兵たちは、そしてセリーヌは信じた。「勝利は目前です」という言葉を。

本当は心の底から怖がっている癖に、聖女として認定されたときは貴族の序列も知らずセリーヌにわがままを言い放題だった幼い子供だった癖に、今や誰もが太鼓判を押す聖女だ。この戦いの終焉《しゅうえん》と勝利、平和をもたらす真の聖女だ。

セリーヌは生まれて初めて、自分自身が祝福の内に生まれ、先代王の孫として何不自由なく育ったことを恥じた。

セリーヌはその身分に相応《ふさわ》しい教養と礼節を身に付け、あるべき振る舞いを心掛けてきた。意識することさえなく、あるがままの自分と求められる自分に齟齬《そご》は何も無かった。

仕える者には道を指し示し、貧者には慈しみと施しを与え、王には忠誠を誓った。

だがアリスの輝きの前に晒《さら》され、セリーヌは自分がどれだけ慢心していたのかを悟った。

あの真実の献身の前ではすべてが高慢だった。

だがセリーヌはその身を恥じてアリスを誇らしいと思うと同時に、危惧を抱いた。

この戦場で誰よりも輝く姿を妬む者がいる。

魔王との聖戦で功績を挙げて栄達の階段を登る者にとって、アリスはもっとも危険な存在だ。誰かがアリスを排除しようとするだろうと確信した。

だからセリーヌがより強くならなければならない。そうでなければアリスの身には不幸が待ち構えている。

いや、仮にそうではないとしても、魔王が去った後の誰もが油断した瞬間を狙う人間が、この国に平和をもたらすことはありえるだろうか。

セリーヌはこのとき初めて、自分の敵と自分の使命を知った。

このときまでセリーヌには大望はなかった。野心も当然なかった。父祖を同じくする王を支え、家を守り、そして自分に仕える者と領民を守れば、それが幸福であり気高いことだと思っていた。自分が何かを成し遂げようとはついぞ思ったことはなかった。

アリスとアリスを信じた人々を守りたいのであれば、自分が王を目指すしかないのではないか。

だがその決意は二手も三手も遅かった。

やがて聖女たちの尽力によって魔王は倒されたが、セリーヌの予想通り、平和は訪れることはなかった。

天の聖女の兄であるダモス王子が王となったからだ。

そう表現すれば当然の結果のように思えるが、結局は政治的な闘争の末に他の王子を追い落とし、王さえも退かせたに過ぎない。国は一時的に勝利に喜び復興の機運が高まったものの、すぐに恐怖政治が始まって暗雲が立ち込めた。

アリスを守るためにダモス王に従わない貴族や軍人を呼び集め、革命軍を組織し、だがそれは間に合わなかった。アリスの故郷の人々が人質に取られ、アリスはやむを得ず縛に就いた。

そしてセリーヌは何としても助けようと救出作戦を考えに考えたが、それはどれもダモス王の手のひらの上で踊らされているに過ぎなかった。ダモス王はアリスを狙うと同様に、セリーヌを何としても害しようと画策していた。

革命軍の重鎮は必死にセリーヌを止めた。

アリスは希望の星ではあるが、王にはなれない。

だがセリーヌに死なれてはすべてが水泡に帰す。

使命に目覚めたセリーヌは、それをよく理解していた。ダモス王を廃し、自分が生きて王にならなければ、今後100年に亘《わた》り平和が訪れることはない。

アリスのために使命に目覚め、使命のためにアリスを見捨てた。

単身で幽神大砂界を渡ってアリスを救出する作戦に出たのは、革命軍を潰すためにダモス王が軍を新たに組織して訓練や編制を始めたことがきっかけだ。

セリーヌは防戦に強い。何もないところに砦を築き、食料を増産できるセリーヌは常識では考えられないほど長期間の籠城ができる。『地の聖女』としての権能があるだけではない。付き従う人々を心安らかにさせて離反を食い止める術《すべ》を誰よりも心得ている。アリスとは違う意味での天性の人たらしである。

だがそれは、何かを守る、何かを維持するという方向性で発揮される。王となった者に反旗を翻し革命の炎を上げるための怒濤《どとう》の勢いはない。

ゆえにダモス王は、セリーヌは長期戦をしかけてくると予測し、革命軍を押しつぶすため『天の聖女』を中心とした圧倒的な火力を備えた軍隊を作ろうとしていた。

だがセリーヌは籠城して耐え凌《しの》いだところで勝機はないと考えていた。結局そのままダモス王側とセリーヌの革命軍側の膠着《こうちゃく》が続けば、国が二分されるだけで一向に平和など訪れない。

セリーヌがもしアリスと出会っていなければ、たとえ国が二分されても自分に従う人々を、自分にできる範囲で守れるのであればそれでよいと考えたはずだ。

でもそれは違うと、セリーヌが見たアリスの背中が言っている。アリスは自分を信じる兵たちに笑みを浮かべて勝利を約束した。嘘をつくなと誰もが思って、だが誰もがその嘘を信じ、そして嘘を真実へと変えてみせたのを目の当たりにしてしまった。

そしてダモス王がアリスを直接殺すことはできないことも予測していた。

だから、アリスはきっと生きているとセリーヌは思った。

ところでセリーヌについて、アリスとごく僅かな身内だけが知っている本質がある。

それは案外、ワガママで強欲であるということだ。

計算を積み重ね、理屈を編み込み、最終的にセリーヌ自身どうしても叶えたい願いと、革命の聖女として求められる振る舞い、すべてを同時に成功に導く答えを見出した。

アリスを救い出して革命軍に編入させて、ダモス王との決戦に臨むことだ。

セリーヌは周囲を説得して、単身、隠密《おんみつ》で幽神大砂界を抜けて、ついにアリスとの再会を果たした。

説得は難しいかもしれないとは思っていた。もっともアリスに信頼されていたセリーヌが、アリスを見捨てたことは揺るぎない事実だからだ。

いざ再会すれば、事態は予想を超えるものとなっていた。幽神に仕える守護精霊、そして異世界の民に庇護《ひご》されて、会いに来たセリーヌに「今更何をしに来たのか」と泣いて抗議された。

だがそこには、在りし日のアリスの姿があった。

不平不満を憚《はばか》ることなく口に出し、何気ないことに感動するアリスだ。

もし軍の中での身の振り方や、貴族に囲まれたときの言葉遣いを捨てずに、自分に託されたものを背負い続ける聖女や勇者のアリスであれば、セリーヌの申し出に嫌とは言わなかった。

だがアリスは嫌だと、はっきりと口にした。

その拒絶は想定外である一方で、嬉《うれ》しかった。

勝負を持ちかけられたときも、何を言っているんだと思いつつも、楽しくなってしまった。

どこの馬の骨ともわからぬ異世界の男がアリスを変えたことは腹立たしく妬ましいが、感謝もしている。そして妬ましさを覚える筋合いなど自分にないこともわかっている。

檀鱒誠《だんますまこと》、そして守護精霊たちに、心からの感謝を示して去るべきなのだろう。

「でも……売られた喧嘩《けんか》は買わなければいけませんね」

だからセリーヌは、ひたすらに楽しむことにした。

どんな結末となるかセリーヌ自身にさえ予測はできない。

アリスの力と異世界からもたらされた想像を絶する技術によって、大きなことをなしえる気もするし、すべてが徒労となる可能性もある。

セリーヌはすべてを棚上げして、目新しいものを楽しみ、アリスたちとの対決を楽しみ、いつしか自分自身も、アリスと共に感情のままに日々を過ごした在りし日に戻っていた。

◆

セリーヌはあえてアリスたちとの接触を避けて活動を続けた。

敵に塩を送られるまでもなく勝ってみせますという自負心の表れだとアリスは思った。

その証拠に、幽神霊廟《れいびょう》の地下1階層から10階層までをセリーヌは見事に攻略してみせた。

初回挑戦の攻略記録としてはアリスを越えている。

もちろんアリスはアリスで、霊廟攻略のルールも理解していない状態での探索だったために一概に比較できるものではないが、セリーヌが顔色一つ変えることなく鎧《よろい》を着たスプリガンを完封したのは視聴者に大きな驚きをもたらした。

ただ強さだけで視聴者を魅了したわけではない。セリーヌの権能の使い方は、アリスのような率直なパワーとはまた別の異世界らしさがあった。

まるで往年のアクションゲームのように踏み台を作って飛び跳ねて霊廟を突破していただけではない。石を生み出し盾のようにして襲いかかる竜の牙を防いだり、あるいはその石で竜を攻撃したり、アリスとは違う不可思議な力の持ち主の活躍は、まるでハリウッドのスーパーヒーロー映画そのものであった。

セリーヌも視聴者コメントに気付いてアメリカンコミックのヒーローの真似《まね》をしてバズったりしていた。映画プロデューサーがセリーヌについて非常に興味深いというコメントを出し、ウェブ上の時の人となりつつある。

一方で、視聴者獲得という意味では誠（人形）とアリスも負けてはいなかった。

誠（人形）もまた、単独でスプリガンのいる階層を突破している。ただし、それはアリスともセリーヌとも違う。誠（人形）のボディは兎《うさぎ》のような耳がついているだけではない。脚力が大きく向上していた。

「よっ！　はっ！」

「ああっ、ちょっと速すぎるって！　いやーこんなに性能が出るなんて僕天才だな……って、あああー！　僕を倒さずに下に行くのズルだよ！」

「そうは言っても、喧嘩とか無理だって！」

誠（人形）は軽やかな動きで襲いかかる魔物たちを翻弄して、スプリガンに止められることなく地下11階層へ下る階段に到達した。

アリスのような正面突破するパワーではなく、セリーヌのような魔法の力でもなく、シェフ・ラビットは野生の獣の速度で突破するというスタイルだ。

だが、その身体能力にちょっと振り回されているところがある。魔物の攻撃を避けたと思いきや飛び跳ねすぎて10メートルを超える高さの木に引っ掛かって降りられなくなったり、湖に落ちたり、階段をゴロゴロと転がったりしていた。

それが視聴者の男心を突いた。

アリスのような太陽のごとき明るい魅力とも、セリーヌのような洗練さを突き詰めた大人の女性の魅力とも異なる、ちょっとあざといくらいの少女らしさと間抜けさは一部の男性から強烈に支持されてしまった。

そしてセリーヌとシェフ・ラビットの正体とは何なのか、疑問が当然ながらアリスの方に殺到し、そこで発表することとなった。

セリーヌは様々な知恵や知見を持ち、地球側の多くの質問に答えられるであろうこと。

協力してもらうためには、アリス側の配信チームが決闘で勝利しなければいけないこと。

そして、アリス側のチームの代表はアリスではなく、シェフ・ラビットであること。

だが当然、とある疑問が集中した。

「シェフ・ラビットちゃんって誰よ?」

「それを言ったらアリスが誰だって話でもあるが、気になる」

シェフ・ラビットの中身は日本人、檀鱒誠である。

だが当然そんな説明はできなかった。アリスが特定個人の男性に助けられて生活しているものの、
ることは古参のファンには薄々気付かれているものの、25万人以上に膨れ上がったファンの中では今や知らない人の方が多い。そもそも勘付いているにしても声高に話せる話でもない。ファン同士の強烈な論争となるのが目に見えている。

そこで誠(人形)は、凄《すさ》まじく強引な嘘《うそ》をついた。

「なんとなく地球人だった記憶があるんです」

この言葉に一部スピリチュアルな界隈《かいわい》が反応したものの、多くは「嘘くせえ」と思った。

だがそれでも、ファンは納得した。

本気で納得した者もいれば、嘘だなと思いつつも「一応こう言ってることだし」と強引に飲み込む者もいた。

「ごめんなさい……ボク、上手《うま》く説明できなくて……。でも、アリスちゃんの友達として応援したいなって思ってるから、みんなも応援してくれると嬉しいです!」

最終的にファンたちは、シェフ・ラビットちゃんはなんかもう可愛《かわい》いからどうでもいいや、という気分にさせられてしまった。

そもそも三人目の異世界人登場によって若干視聴者が麻痺《まひ》していたことや、決闘という

イベントの盛り上がりによって視聴者の疑問を棚上げすることができた。

もちろん棚上げは棚上げでしかなく、いずれは正体を突き詰めようとする勢いが燃え上がることだろう。そのときどう軟着陸すればいいか誠（人形）もアリスも頭を悩ませつつ、決戦の日が訪れようとしていた。

■決闘が始まった

／フォロワー数：2696772人　累計good評価：707495pt

はい、というわけでやってきましたね！

いつもは実況画面内にいるのですが、今回はシェフ・ラビットちゃんとセリーヌさんの二人を同時に撮影する都合上、いつものお部屋からお送りします。

ちなみに、参加者は全員インカムを付けていて声のやり取りは常時できる形なのですが、画面内のコメント欄を見るのは難しいので、コメントを自動読み上げする形での配信となります。

さて、公式ＳＮＳや動画内での宣伝でお伝えしていますが、今日の配信が初見ですという人や、シェフ・ラビットちゃんやセリーヌさんを知らない人のためにもう一度説明しますね！

『ほんと、いきなり出てきて何なんだよ！　可愛いぞ！』

『第一異世界人アリスさんがこっち側にいるのが不思議なはずなんだが妙に馴染《なじ》むな』

『大丈夫か、キャラ食われてないか』

馴染んでないし食われてもいません！

……食われてないですよね？

『今ちょっと不安になったな』

と、ともかく！

シェフ・ラビットちゃんは私の助手ですね。

料理上手でウサ耳がチャームポイントの野生児アイドルです。

料理配信をご覧になったかと思いますが、リョコウバト、ナス、トマトの煮込みはとっても美味《おい》しかったです。

しかも料理中の仕草も妙に可愛いし。鼻歌を歌いながら耳が揺れる瞬間とか、いやー、もー……ほんとかわいい……。

歌とか歌ったり踊ったりしてくれませんかね。

『見たい！』

『めちゃめちゃ見たいけど、自分でやれ！』

いや私がやってもギャグになるの目に見えてるじゃないですか！

笑わないって誓えますか!?

『……』

『……』

『……』

そこで無言にならないでくださいよ!?

『普通はゼロから歌とかダンスとか始めたら素人ゆえのコメディ感が出るんだよ。アリスも多分そう。でもシェフ・ラビットちゃんがやるとそれも計算され尽くしたファンサになってしまってガチ恋勢がガンガン増えそう』

そう！　そうなんですよ！

あの子は妙にアイドル的な動きが得意なんですよね……。

自然体に見えるあざとさというか、あざとさに騙《だま》されてもいいやって気分にさせるというか、理詰めの極地としての愛くるしさというか……。

おわかりですか。

みなさん！

騙されてますよ！

悪い子じゃないです、悪い子では。

でもちゃんと自分がどう見られるかを把握して、視聴者の心理を的確に突いてくる天性の才能があるというか。

『おっ、毒が出てきた』

『ドジっ子属性が全部嘘じゃないことはわかっているんだけど、ふとした表情や仕草が魔性なんだよな』

『そんなことはわかってる！　俺たちは騙されたいんだよ！』

『いいから百合《ゆり》営業しろ！』

皆さん業が深い発言しますね。

わかりますよ。

百合営業はしません、っていうかできません。

いや、うん、できるなら、考えなくもないんですが。

できません。

『ちょっとまって。ガチ恋の気配感じたんだが』

そ、それより、もう一人はこちら、地の聖女セリーヌさんです！

その二つ名からわかる通り、私と同じく権能を神から授かり聖女となった女性です。

大地の力を増幅させて小石を巨岩にして砦《とりで》を築いたり、あるいは農地に活力をもたらして作物の収穫量を増やしたり、何もない場所から鉱石を生み出したりできます。

他にも色々と語ることは多いのですが、なんか客観的に語るだけで褒め言葉になって悔しいんですよね……。

頭もいいし、そのくせこういう人にありがちな運動音痴なところもないし、厳しいことは言うけどなんだかんだ言って優しいし……。

あ、でも、他人に結婚しろとか言う割りに自分こそ色恋の噂《うわさ》が一つもないでしょとはツッコミ入れたいと思います。あと部屋を片付けられないタイプです。

整理整頓はメイド任せですし。

好きなものがあれば０・１秒も迷うことなく買っちゃう買い物依存症ですし。

しかもほしいもののレベルが違うんですよね。

例えば街で素敵な鞄《かばん》や帽子が売ってたとしたら、普通は鞄や帽子そのものを買うじゃないですか。

セリーヌの場合、職人を引き抜きにかかりますからね。

その金満主義のせいで私がどれだけ苦労したと思ってるんですか！

バジルもミントも蕎麦《そば》も枯れる潤いなき不毛の大地ファッキン・エヴァーン・クソ王国に咲く一輪の花と思っていたこともありましたよ、ええ！

『さん付けが取れた』

『言葉の端々にクソデカ感情を感じる』

あ、いや、そのあたりの話は追々するとして。

今回、セリーヌさんは私を王国に連れ戻そうと遠路はるばるやってきたわけですが、私もここで配信者を始めた以上は帰るわけにもいきません。

セリーヌさんが勝てば、私はセリーヌさんの仕事を手伝う。

そして私たちのチームの代表のシェフ・ラビットちゃんが勝てば、逆にセリーヌさんがこちらの仕事を手伝う。

一応、私は実況というポジションなので中立を心がけていますし、視聴者の方々はご自身の推しを応援してくれたらなと思います。

どうかよろしくお願いしますね。

『え、アリスが配信者辞めるとかはないよね？』

『そういうガチな勝負なの!?』

『それはちょっと……』

「ああ、それはご安心ください」

視聴者の心配するコメントに、セリーヌが反応した。

「わたくしは決して、配信者を辞めてほしいとは思っていませんよ。アリスは配信を楽しんでおりますし、配信を楽しんでくれる皆様もおりますし。そういう気持ちを裏切るようなことはいたしません」

『なんだ、ビビった。今日で最終配信になるのかと思った』

『焦らせるなよ。じゃあ安心して楽しめるわ』

いや私もビビりました。

このまま引退会見になったらどーしようかと……。

『なんでアリスがそこ知らないんだよ！』

『打ち合わせしておけ！』

だ、だって、いきなり決闘ってことになったんだからしょーがないじゃないですか！

地球だって決闘を申し込まれたら逃げられないですよね!?

『日本には決闘罪っていうのがあってな』

決闘……罪……？

え？　決闘したら、罰を受けるんですか？

なんで？

「確かに不思議ですわね……。いえ、刃傷沙汰《にんじょうざた》を起こすべきではないというのは素晴らしいこととは思うのですが、やむにやまれぬ決裂や見解の相違などもあるでしょうし」

『そこでなんでと来たか』

『しかもセリーヌさんも首を傾《かし》げておられるぞ』

『ご家庭やご近所のトラブルなら家庭裁判所とか簡易裁判所でなんとかなるからね……』

『価値観が違う』

『日本はともかく地球全体では決闘文化残ってるから（ふるえごえ）』

なるほど……。

「なるほど……」

平和なのはよいですけど、ちょっと面倒くさいですね。

「法治が行き届いていて素晴らしいですね」

ん？

「えっ」

『為政者と一般人の見解の相違だ』

『セリーヌさん、アリスさんをスカウトして大丈夫なんですか』

『こやつパワーで解決するタイプですよ』

「大丈夫ですわ。むしろこうした考えが根っこにあるからこそ、わたくしのように手綱を握る人が必要なのです」

『それはそう』

『否定できない』

『この説得力よ』

『現代人振る舞いでデビューしたてのルーキーに負けとるんじゃが？』

私の方が、ええと、ほら……漫画とアニメに詳しいですし。

『おっ、そうだな』

『小学生のマウントの取り方』

違いますー！　通俗的な文化を理解している先進的な人間の証明ですぅー！　あなたたちだってアニメに詳しい外国人好きじゃないですか！

『クソッ！　否定できねえ……！』

『でも、セリーヌさんがアリスをスカウトするって、具体的にどういうことなの？』

『事務所移籍みたいな感じ？』

事務所……っていいんですかね？

国とか軍とか？

「事務所という認識で合っているかなと思います。企業案件やお仕事のご相談などはわたくしを通してもらうような格好になろうかと」

『綺麗《きれい》な顔してけっこうエグいこと考えてるぞ』

『猛禽《もうきん》の気配だ』

「あらあら、そんなことはありませんわよ？　別に、これまでコメントやＳＮＳでファッキン・エヴァーン・クソ王国とか言ってはしゃいでいた方のお名前を確認したりなど一度もしておりませんから」

『ひえっ』

『エヴァーン王国は素晴らしい国です！』

あー、そーゆーこと言うんですねぇー。

はぁーやだやだ恐怖政治が当たり前の治世って。

もうちょっと言論の自由を保障された民主主義国家を見習ったらどうですか？

アリス死すとも自由は死せずなんですけど？

「あなた別に民主化運動とかしてるわけじゃないでしょう！」

「ま、まあまあ、落ち着こうよぉ。それより、ボクらが勝ったときはどうするの？」

シェフ・ラビットちゃん、絶妙なタイミングでのコメントありがとうございます。

「でもボクのことあざといとか魔性とかめちゃめちゃ言ってなかった？」

……さて！

「さて、ではなく」

今回は20階層を守るランダさんに、勝負の場所を用意していただきました。

本来私が攻略している地下11階層から20階層までを改造して、今回の決闘用の特別ステージを建造し、地下20階層で待ち構えています。

地下11階層から19階層までは、両者ともにまったく同じ構造のフロアとなっています。罠《わな》の種類や配置、下へ進む階段の場所など、完璧に同じなのだそうです。霊廟《れいびょう》を攻略する腕前があるかどうか、相手より速く突破できるかが問題なわけです。

ただし敵の足を引っ張ったり、どさくさに紛れてゴッ倒したりということはできません。残念ですね！

しかし地下20階層に到達して各ルートが合流した後はもうご自由にしてください。

襲いかかってくる守護精霊ランダを協力して倒すもよし、相手が戦ってる隙にゴールを目指すもよし、ランダを無視して相手を倒すもよし。勝手に戦え！

『残念って感想が出るのがまた……』

『最初はなんでアリスさんが戦わないのかなって思ったけど、対人戦で出しちゃいけないキャラだ』

『存在そのものがレギュレーション違反』

いや今のは決闘を盛り上げるためのただの弁舌ですよ!?

それにちゃんと安全に配慮して死んでも復活できるようになっています。

『配慮とは』

3回まで蘇生《そせい》が可能となっていますが、精神的なダメージを避けるために、「これはもう死ぬ」と予想できた時点で死亡扱いとします。

例えば即死トラップに引っかかったとしたら、直接的な肉体のダメージが発生する前に強制的に振り出しに戻されて、その位置から再スタートという感じですね。

……というわけで視聴者向けの説明は終わったわけですが。

お二人とも？

大丈夫ですね？

もうそれぞれ地下11階層、ランダの迷宮のスタートポジションにいますから出発するしかないわけで。

本当に、覚悟はよろしいですか？

「万端ですとも。ファンの皆様に勝利を差し上げますわ」

「ううっ、緊張するから早くスタートしてほしいよー！」

恥ずかしげもなく投げキッスするベテランアイドルと、初々しさを武器にする新人アイドルがバチバチやり合ってる感があって、こいつらほんとあざといな……と思う一方で、撮れ高があって嬉《うれ》しいなっていう事務所側の気持ちがわかってきました。

なんか私、汚れちゃってる気がします。

体を張って動画出てる方が素直な気持ちでいられたというか。

『そこで自己嫌悪するなよ！』

『ちゃんと実況して盛り上げろ！』

『そういう闇は後でファン限定コンテンツとかで出しとけ』

清濁併《あわ》せ呑《の》む視聴者さんサイドがたまに怖いですよ！

ともかくお二人にはがんばってもらってこの闇を払拭してください！

『自分で振りまいた闇やろがい！』

そこうるさい！

はい！　スタート！

ゴーゴーゴーゴー！

◆

アリスがスタートを知らせるブザーを鳴らした。

画面の中でセリーヌと誠《まこと》（人形）、もといシェフ・ラビットが同時に走り始める。

彼女らの後ろからスプリガンとガーゴイルがカメラを持って追いかけている。

ランダが作り出した古城のような雰囲気と相まって、まるでゲーム画面そのものだ。

アリスはランダの階層は何度も攻略している。

攻略ｗｉｋｉを作り、ランダの思考を分析し、20階層まで辿《たど》り着いてランダを倒している。それはシェフ・ラビットも同様である。むしろアリス以上に分析していることだろう。

決して不利ではないと思った。

思ったが。

「いきなり凄《すご》い魔物が襲いかかってくるんですけど!?」

シェフ・ラビットが悲鳴を上げた。

ボーンソルジャーという、ランダがよく生み出す魔法生物がシェフ・ラビットとセリーヌのルート、どちらにも現れて二人に襲いかかっていた。

アリスならば一撃で破壊できるし、セリーヌやシェフ・ラビットも通常であれば問題ない程度の強さでしかないはずだ。

だが今、彼女らの眼《め》の前に現れたボーンソルジャーは普段とサイズがまったく違っていた。人間の10倍近いサイズだ。

武器もそのサイズに相応《ふさわ》しい超巨大な棍棒《こんぼう》を持っている。

一度その棍棒を振り下ろせば、クレーターのごとき爆発の痕跡が床に出来上がる。

『すっげー!』

『うおっ、初手で殺しにきてるじゃん!』

『事故ったら一発でスプラッタだろこれ』

『このスケール感がおかしい。特撮じゃないんだよなこれ』

『ランダさん怒ってるんじゃないの』

ざわつくコメント欄。

BANされたらどうしようと、アリスは見ていてはらはらした。

誠が普段、「面白い絵は欲しいけど無理しなくてよい」という曖昧な言葉が多い理由にアリスは気付いた。視聴者の空気感に流されてヒートアップしてしまっては、どうなるかわかったものではない。

「怒っているといえば、怒ってるわね。アリスも、これを見てる地球人たちも、最近ちょっとあたしのことナメてない？　あたしが適度に加減して、番組の盛り上がりに貢献してくれるような便利な潤滑油キャラと思ってるようなら大間違いってことよ。あーっはっはっは！」

と、11階層に高らかな笑い声が響き渡った。

姿は見えないが、間違いなくランダの声だ。

「だとしても飛ばしすぎです！」

「ふん、このくらいで手こずるなら白旗揚げた方がよいんじゃないの？」

ランダは生配信の様子をチェックしているのか、アリスの抗議に即座に反論してきた。

「それに見てごらんなさいよ。ほら」

ランダが何を見ろと言っているのか、すぐにわかった。

「【鉱石弾】！」

「ちょりゃーっ！」

セリーヌが硬い岩の弾丸を撃ち出す。

そしてシェフ・ラビットも、臆せずに怪鳥音を放ちながら、破れかぶれな跳び蹴りを繰り出す。

　ほぼ同時に、二人は自分の目の前に立ちはだかる巨人型ボーンソルジャーを倒してみせた。

「凄いじゃないですか二人とも！」

「あら、そんなセリフが来るということは、シェフ・ラビットちゃんも倒したようですね」

「はぁ、はぁ……！　な、なんとか倒せたよ……！」

　セリーヌは余裕綽々《よゆうしやくしやく》といった表情で迷宮の奥へと進んでいく。

　シェフ・ラビットはすでに息が上がりつつあるが、それでも足取りは衰えていない。

　二人はほぼ同じ速度で、ランダの迷宮を攻略し始めた。

　どうやら地下11階層は巨人型のボーンソルジャーが待ち構えているだけで二人はすぐに地下12階層に繋《つな》がる階段を降りた。

　そこにあったのは、アリスも見慣れた石造りの壁に赤い絨毯《じゆうたん》だ。

　壁に配置される燭台《しよくだい》の灯火は地球の電灯ほどではないが十分に明るく、見通しは良い。

　だが、アリスが攻略していたときとは罠と魔物の密度がまったく違った。

　アリスは巨人のようなボーンソルジャーに出くわしたことがないのはもちろん、10体を超えるボーンソルジャーに襲われたこともない。同時に戦ったのはせいぜい2、3体というところだ。また、魔物が出る場面では罠や足場の心配は無かった。

　だが今、セリーヌとシェフ・ラビットが攻略している場所は違う。

落とし穴がある床だろうと、槍衾《やりぶすま》が仕掛けられている壁だろうと、お構いなくボーンソルジャーが襲いかかってくる。

「おっと……【金剛障壁】！」

光輝く盾がセリーヌの手のひらから現れた。

同時に、凄《すさ》まじい勢いで射出された何かが盾にぶつかる。

「鉄の弾丸を撃ってくるとは、思った以上に物騒ですわね……ですが、この程度で倒されるわたくしではありませんわよ！」

セリーヌはスカートの裾を摑《つか》んでひょいひょいと身軽な様子で床を蹴り、落とし穴や弾丸を回避する。そして権能を使った遠距離攻撃でボーンソルジャーを一切寄せ付けない。

『スカートでダンジョン攻略ってできるんだ……』

『優雅さを維持できるのがちょっとおかしい』

『新体操選手みたいなフィジカルと魔法の組み合わせはチート過ぎる』

称賛のコメントがどんどん投稿されていく。

ボーンソルジャーを倒しきったあたりで、後ろから追いかけるスプリガンのカメラに手を振ってはにかんだような表情を浮かべるセリーヌは、アリスの目から見ても華麗で美しい。

「どんどん進みますわよ！」

『期待以上のアクションだ』

『これタダで見ていいのか。すごいぞ』

『セリーヌさん結婚して！』

応援コメントに応えるがごとくセリーヌは笑顔で駆けていく。

一方、シェフ・ラビットの様子はまるで正反対だ。

「うわわわー!?　怖い、怖いってばー！　危ない！」

『見てるこっちも怖い！』

『ああっ、そっちじゃない、行き過ぎ！』

『落ちる落ちる落ちる……あ、落ちた！』

『いや、壁の取っ掛かりを掴んでギリギリ助かってる』

シェフ・ラビットの身体能力に比べて、ここ地下12階層は狭すぎるのだ。

ジャンプをすれば頭がぶつかり、ダッシュをすれば壁にぶつかる。ボーンソルジャーの攻撃を避けたり、体当たりで倒したりはできているが、落とし穴を避けてジャンプしなければいけない場所では飛びすぎて目測がズレたりしている。

「ランダちゃんの領域ってこんなに狭くなかったよね!?」

「そういう場所もあるってことよ。愚痴る暇があったら走ったら」

ランダの煽《あお》りにもめげずに壁をよじ登り、シェフ・ラビットは出遅れながらも次の階層を目指した。

「くそー、がんばるぞー！」

『可愛《かわい》い』

『可愛い』

『可愛い』

『結婚してほしい』

『ラビットちゃんそんな危ない仕事は辞めて毎朝俺のために味噌汁《みそしる》を作ってください』

危なっかしさと可愛らしさが吊《つ》り橋《ばし》効果をもたらし、ガチ恋勢がますます増えていく。

この人、姿に合わせた人格の作り方がちょっとヤバいなとアリスは思った。人形に魂が封じ込められた瞬間、少女らしい振る舞いをしているわけではない。カメラが回った瞬間に、配信者としての人格や振る舞いを意図的に作っている。アリスのように無自覚に出る暴れん坊な性格とは違い、１００％の演技と言ってよい。

「シェフ・ラビットちゃん、がんばってくださいねー！　視聴者のみんなも応援してますよー！」

「うん！　わかった！」

シェフ・ラビットは一歩出遅れながらも13階層に辿り着く。

だが13階層は今までと同様、トラップと多数の敵がメインの構造をしている。その密度や難易度が更に上がっているといった感じだ。

弾丸が打ち出されるだけではない。炎を纏《まと》った杭《くい》がぐるぐると回って襲いかかってきたり、落とし穴から沸き立つ溶岩が太陽フレアのごとく襲いかかってきたり、意地の悪いトラップがシェフ・ラビットを待ち構えていた。

『なんかこれ……既視感があるような』

『なーんか、似てるよな……』

『恐らくアラサー以上でゲームを嗜《たしな》んでるならピンと来る』

『いや、例のアレだけじゃないぞ。色々混ざってる』

このままシェフ・ラビットは自分の肉体のスペックに振り回され、ずるずるとセリーヌに距離を離されていくかに見えた。

だがシェフ・ラビットは突然、まるで未来を予測したかのように正確に罠《わな》を回避し始めた。

「あれっ？　シェフ・ラビットちゃん……なんか速くなってませんか……？」

「大体わかってきたからね」

「わかってきた？」

シェフ・ラビットの不敵な声にアリスは頼もしさを感じると同時に、「なんかまた悪いこと考えてるな」という確信を抱いた。

「ランダちゃんが最近ハマってるゲームが何なのか、ちょっと聞いてみたんだよね。ランダちゃんは教えてくれなかったんだけど、スプリガンは詳しく知っててさ」

「なっ！　あんた、ちょっと、もしかして……！」

ランダが動揺した声を放った。

「タケノコを食べて大きくなったりして王子様を助けに行くスーパーマリアシスターズとか、鎧《よろい》の騎士が悪魔と戦うグレート魔神村とか……。往年の2Dアクションゲームにけっこうハマってるって。で、ランダちゃんがそういうゲームで得た着想とかインスピレーションを注ぎ込む先って、自分が支配する階層だろうなって思って……」

「わーわーわーー！　それ言わないで！　反則でしょ！」

『シェフ・ラビットちゃん、案外サドい』

『顔に似合わず搦《から》め手《て》するタイプ』

『ランダちゃんのライフはゼロよ！』

シェフ・ラビットへの含みのある賛辞と、ランダへの同情が書き込まれていく。

しかもガーゴイルがチャット欄の文脈を敏感に読み取り、真横からシェフ・ラビットの動きをカメラで捉え、更にスプリガンが8ビット音楽のような声で歌い始めた。それはまさしく、多くの子供たちがプレイしたゲーム機の画面だ。右方向からやってくる敵をジャンプして避けたり踏みつけたり、ブロックを飛び跳ねる様は、見ている視聴者たちに郷愁と興奮を与えた。

『すっげー！　なんだこれ！』

『スプリガンがヒューマンビートボックスでスーパーマリアシスターズのBGMを演奏し始めて爆笑してる。いつの間にそんな技術身につけたの』

『タケノコ食べて巨大化してくれ』

『……ダメージ受けたら脱げないかな』

『やめろやめろ。シェフ・ラビットちゃんは清純派で清楚《せいそ》だぞ！』

『全員清楚という名の暴力属性じゃんよ！』

『ランダちゃんこそ真の清楚』

『百理ある』

「暴力属性ってなんですか！　私こそザ・清楚ですけど！」

アリスはコメント欄に反論しつつ、快調に進むシェフ・ラビットを眺めた。

セリーヌの優雅さとは違う、爽やかで元気な魅力が溢《あふ》れている。

アリスはどちらも素敵だなと思った。

人生を賭けた勝負であり、シェフ・ラビット、もとい誠《まこと》を心から応援している。セリーヌには悪いが、どうしても譲れないものがある。

だが動画配信者の一人としては、こんなに面白いコンテンツを提供できていることに誇らしさを感じていた。

「みんながんばれー！」

「どうやら向こうも負けていないようですわね……！」

セリーヌもインカムから聞こえるアリスの言葉で、シェフ・ラビットの快進撃を察したようだ。

撃ち放つ砲弾の密度を上げてボーンソルジャーどもを薙《な》ぎ払っていく。顔色一つ変えず淡々と魔法生物を屠《ほふ》っていくシビアな姿は、一部視聴者に刺さった。

『お姉様……』

『セリーヌお姉様！』

『立てば芍薬《しゃくやく》、座れば牡丹《ぼたん》、戦う両手は機関銃』

「なんだか失礼なコメントの気配を感じたんですけど……？」

セリーヌが真面目な表情を崩して苦笑し、ハンカチで軽く汗を拭った。

その落差がまた視聴者を深い沼に沈めていく。

「ふん。調子に乗っていられるのも今のうちよ」

だが、ランダだけは面白くなさそうに捨《す》て台詞《ぜりふ》を吐き出す。

この人も盛り上げ方をわかってるなぁとアリスはしみじみ思った。

『おっ、何かあるのか？』

『そろそろ地下15階層だし、中間ポイントに何かあるんじゃないか。中ボスとか』

「だからそういう予想やめなさいよ！　展開予想とかネタバレはマナー違反ってパパとママに習わなかったわけ!?　もうちょっと、こう……あるでしょ、視聴者側の態度ってものが！」

『パパとママには教わらなかったなぁ……ＳＮＳで赤の他人から怒られることはあったけど』

『ランダちゃん不憫《ふびん》可愛い』

『わからされてる感がある』

「そーゆーのじゃなくて決闘してるこいつらをイジりなさいよ！……でもまあ、次に難関が待ち受けてるのは本当よ。楽しみにしてなさい」

ランダが悪役めいた哄笑《こうしょう》を上げる。

そんなやり取りが続く中、セリーヌとシェフ・ラビットはダンジョンを進み続け、地下15階層にほぼ同時に到達した。

そこに待ち受けていたのは、誰かが予想していた通りにまさしく中ボスといった雰囲気の敵だ。

場所は最初の地下11階層と同様に、天井は高く、横にも縦にも伸びた大広間である。巨大生物が暴れまわることのできる空間に、セリーヌもシェフ・ラビットも警戒心を強めた。

「これは……ええ……彼女と戦えと……？」

「えっ、いや……あの……この子と戦えっていうのは……」

セリーヌとシェフ・ラビットは、別々の場所にいながら同じような困惑の感情を漏らした。

だが、もっとも困惑していたのはアリスだった。

「ちょ、ちょっと待ってくださいよ！　私じゃないですか！」

そこにいたのは、まさしくアリスだ。

正確にはアリスを模した人形であった。顔はギリシャ彫刻のように無機質だ。そもそも肌が人の柔肌ではなく、白い石の質感をしている。

だが剣と鎧、その下の服は非常によく似ている……というより、まったく同じものと言ってよい。

「……スプリガン！　あなたもしかして……！」

「あ、借りパクしたとかじゃないよ。同じウェアを通販で買って、鎧は同じデザインのものを他の守護精霊に作ってもらったの。鍛冶が得意なやつがいてさ」

「だとしても剣……ピザカッターは地球の材質で作った地球製のはずで……あっ」

アリスはそこまで言って気付いた。

ピザカッターは一つではない。試作品がたくさんある。

スプリガンが翔子《しょうこ》に貸してくれと頼めば、翔子は嫌とは言わないだろうと。

アリスを模した人形と戦ってもらうという面白い企画を餌としてぶら下げられたら、喜んで話に乗ってくるのは目に見えている。

「まったくもう遊び好きなんですから……ああ、でも撮れ高があるのも事実だし……！」

「ふっふっふ……僕と喋《しゃべ》っていいのー？」

「あっ」

気付けば戦闘が始まっていた。

アリスの人形は凄《すさ》まじいパワーで襲いかかってくる。

『つよい。かてない』

『いや、まさかこういう展開が待っているとは』

『流石《さすが》はランダさん。迷宮の文脈というものをよくわかってる』

『これは正直燃えてくる。マジで勝てないって危機感が伝わる』

「おーっほっほっほ！　もっと褒めていいのよ！」

『おほほ笑いするお嬢様初めて見たわ』

コメント欄の盛り上がりとは正反対に、二人共苦戦していた。

アリスの人形の猛攻に耐えて避けることに集中して、反撃がままならない様子だった。

「やりづらいですわね……」

「ううっ、戦いたくないよ……！」

気が進まないだけではない。

純粋にアリスの人形のパワーがあまりにも強い。

床を踏み込むだけで放射状のひび割れが広がっている。その踏み込みの強さで振り下ろされた剣は、かすっただけでもただでは済まない。

「僕の鎧をボコボコにしたときの強さを基準にしてるからさー。あのときの僕の怖さを味わってもらおうかなって」

「あれは色々と行き違いがあったからじゃーん！　うわー！」

シェフ・ラビットがインカム越しにスプリガンに抗議する。

だがそれでアリスの人形が手を緩めるはずもない。シェフ・ラビットは慌てて距離を取って一息つこうとする。

シェフ・ラビットの速さだけはどうやらアリスの人形に匹敵するようで、無理に追いかけてはこなかった。

「助かった……」

「助かってません！　私ならこういうとき、狙っています！」

『だよな』

『ここで追撃してこないとき、アリスさんは飛び道具を使ってくるぞ』

『魔法を乱射してくるか、あるいは……』

『得物を投げてくるパターンだ』

「え？」

アリスの叫びにシェフ・ラビットは我に返った。

そして、超高速で回転しながら飛んでくるピザカッターが自分の首を両断する軌跡を描いていることに気付いて。

その次の瞬間、シェフ・ラビットはふりだしに戻っていた。

「くっ、くび、首が、首が斬れ……斬れてない!?」

「はいざんねーん。今のを回避する手段はあんたにはありませーん。最初からやーりなーおしー！　きゃははははは！　まーだ死んだと思ってやんの！」

ランダの嘲笑が視聴者たちとシェフ・ラビットのもとに届く。

だが、皆思っていた。

この子ほんと優しいなと。

「……首がはねられる前に緊急回避させてくれたんだ。ありがとうランダちゃん！」

「いや、流石の判断です。素晴らしい」

ふりだしに戻されたシェフ・ラビットは恨み言を呟《つぶや》くどころか、素直に感謝を示した。

アリスも当然それに気付き、ぱちぱちと拍手をしている。

その二人の発言を皮切りに、視聴者たちが怒濤《どとう》の書き込みを投稿していく。

『ほんと優しい』

『聖母じゃん』

『ランダちゃんしか勝たん』

『もうこの勝負ランダちゃんの勝ちでしょ』

「な、ななな、なんでそういう反応するのよ！」

ランダが照れながら怒る。

『本日からこのチャンネルはランダの生配信になります。ご視聴ありがとうございました』

「人のチャンネルを乗っ取らないでくださいよ!?」

「視聴者の適当なコメントを真に受けるのやめなさいよ！　それよりさっさとスタートしなさい！　ボス格の魔法生物は撃破扱いにするけどモブはリスポーンしてるからそこは注

意しなさいよ。それと……」

ランダがマイクを切り、シェフ・ラビットだけに聞こえるように何かを囁《ささや》いた様子だ。

アリスにはその内容がおおよそ予想が付いた。

シェフ・ラビットは霊廟《れいびょう》の中で死んだとき、人形をロストした扱いとなる。

つまり今、誠の魂が宿っている人形を破壊して、新たな人形の方に魂を宿さなければならない。

だが、魂を移動させるのは負荷が伴う。せっかく人形のボディが破壊されることなく死亡判定を与えられたというのに、無用のダメージを改めて与えるのはランダとしては納得がいかないのだろう。今のボディのまま再スタートさせてくれるようだ。

それに、人形が破壊される姿をカメラの前でさらされるのはアリスも嫌であり、配信としても避けたかった。アリスはランダに、心の中で感謝を呟く。

「あっ、ありが……いや、負けないぞ！　おー！」

シェフ・ラビットは感謝を口に仕掛けたが、すぐに言い直して地下11階層からの攻略を再開した。

視聴者たちも、その秘密の会話はわからずともランダの優しさに感じ入っていた。

一方セリーヌは、なんとかアリスを倒すことができた。

「ふっ、ふう……っ、疲れましたわ……！」

激しい戦いの後に残ったのは、ピラミッドのような建築物であった。

セリーヌはピラミッドの石のごとき建材をどんどん生み出して小さな迷宮を作り、アリスを封じ込めたのだ。

『これ攻略扱いでいいの？』

『倒してはいないような』

『でも身動きも取れなそう。この重さは無理ってことか』

「いえ私なら身動き取れますよ？　ブチ壊せますが？　私はフォロワーが増える度に強くなってるんですけど？」

『そこで張り合ってくるんだ』

アリスは思わず反論したが、同時に疑問に思った。

自分と同程度の強さを持つ人形を作ってしまうランダは果たして何者なのだろうかと。

幽神に作り出された守護精霊と違ってスカウトされたとは言っていたが、それにしても妙だ。技の引き出しが驚くほど多く、知識も案外深い。どうにも謎めいている。

「地の聖女。中ボスは行動不能扱いってことにしておくわ。先に進んでいいわよ」

などとアリスに疑われているランダは今、思わぬ方法で攻略をされてしまい悔しがっている様子だった。

こういう思考は案外普通だなとアリスは気を取り直して画面を見つめる。

「ありがとうございます。それではごきげんよう」

そこではセリーヌは優雅にカメラに向かって手を振り、そして16階層への階段を軽い足取りで降りていった。

だがその足取りもすぐ止まることとなる。

セリーヌの目の前には、先程のアリス人形と似たような人形の戦士が並んでいた。

「こ、これは……」

セリーヌがごくりと唾を飲み込む。

何か能力を持つ人形たちが敵意を向けてくる。しかも先程とは違って、相手の能力はまったく不明だ。ここを突破することの難しさに、セリーヌは焦りを覚えた様子だった。

「昔、この幽神霊廟に挑戦した猛者のコピーよ。アリスほど強くはないから安心していいわ。とはいえ、この子たちはそれを補う権能や能力はあるけど」

「いやいや、真面目にキツくないですか？　難易度設定間違ってませんか……？」

アリスの心配を他所《よそ》に、セリーヌと人形たちの戦いが始まった。

「この人は……絵画で見たことがあります。もしかして……過去に魔王を倒した名のある勇者では……？」

「そうねぇ。聖女とか、勇者と謳《うた》われた連中もいるかも。ただ権能を完璧にコピーするのは難しくて、それっぽい能力を与えてるだけ。ちゃんと相手を見て分析すれば勝てるはず。あたしの階層に辿《たど》り着くまで色んな勇者が待ち構えてるから、がーんばってねー！」

嘲笑めいた言葉にセリーヌは反応できなかった。

相手の人形はいきなり自分の能力を出し惜しみせずに襲いかかってきたからだ。

『すげえ、分身した』

『CGみたいに一糸乱れぬ動きが気持ち悪い』

「くっ……これは一体……!?」

1体だったはずの人形が、突然10体に増えてセリーヌに襲いかかってきた。

セリーヌは人形の猛攻をしのぎ、反撃するのに精一杯だった。

「あらやだ、もう能力を使っちゃったのね。『増殖』の加護を持つ聖女アデラ……の模倣よ。本当なら1000体くらいに分身できるらしいんだけどね」

「聞いたことがあります。大昔に西方の国で単独で魔王を倒した聖女だと……」

「もうちょっと弱い子の方がよかったかしら?」

「いいえ。よい試練と思いますわ」

形勢不利と見るや、セリーヌは罠《わな》を作り始めた。

権能で作り出した壁を組み合わせて迷路じみた防御陣を作って敵を誘《おび》き寄せ、鉱石の弾丸を機関銃のごとく斉射する。複数に分身した人形を効率良く撃破していく。

『上手《うま》い』

『軍人じみた戦い方だ』

『プロだよこの人』

「その戦い方をどこで覚えたんですか……?　もしかして……」

アリスは、セリーヌがこんな戦い方をするのを見たのは初めてだった。

そもそもセリーヌが単独で戦うという状況自体少なく、基本的に他の兵士たちに守られる存在であったということもある。だがそれでも、まるで地球の現代的な戦争のようなやり方をしたことはない。

エヴァーン王国において、魔法使いや自然操作の権能の持ち主は、後方から味方を支援するか、権能を駆使して大火力の攻撃を仕掛けるかのどちらかだ。セリーヌは例外的に砦《とりで》を築いたり、大地に力を与えて食物を生産したりと、既存の考え方に囚《とら》われない活躍をしてきた。

だが、敵を効率的に撃破するための罠に満ちた防御陣を作るというのは、これまで以上にエヴァーン王国の考えから外れていた。

「三国志演義って面白いですわよね。八門金鎖の陣とかやってみたくて……」

てへっとはにかむセリーヌに、賞賛と畏怖のコメントが流れた。

『八門金鎖の陣ってそういうものだっけ？？？』

『現代に生きる孔明《こうめい》じゃん』

『セリーヌ孔明』

１週間くらいでどれだけ地球の知識に触れて自分を高めているのだろうと、アリスも空恐ろしく感じた。今のセリーヌは、王の血を引く姫君ではなく、本物の革命家である。考えてみれば異国の戦争や革命を学ぶのは当たり前のことではあるにしても、この優秀な少女に勝てるのだろうかという疑問が持ち上がる。

「セリーヌ、今の明らかに冗談で誤魔化してますよね？」

「さて、なんのことかしら？　それよりも、勝負の行く末を心配したほうがよろしいのでは？」

「ぐぬぬ……！」

そんな舌戦の中で、シェフ・ラビットも必死に追いかけていた。

地下11階層からやり直してボーンソルジャーを倒して、ようやく再び地下15階層までたどり着く。

『ようやく遅れを取り戻してきたな』

『今度こそ頑張れ……って言いたいところだけど……』

『本当にガス欠っぽいな』

アリス人形は待ち構えていたものの、明らかに動きが鈍い。

油を差し忘れた機械のごとくぎこちない動きでシェフ・ラビットに近づいてくる。

「えーっとぉ……これ、素通りしていいのかな……？」

「一応倒しなさい。グーでいけ」

シェフ・ラビットがおずおずと質問するが、ランダは無慈悲な答えを出すだけだった。

「ええー、気が進まないんだけどぉ……。それにランダちゃんが作ってくれたんでしょ？　それを壊すのはちょっと気分が良くないっていうかぁ」

「そーですよ！　私とそっくりな美しい人形を壊すなんてとんでもない！」

『確かにもったいない』

『ほしい』

『売ってくれ。言い値で買う』

「これは芸術品でもなければ視聴者プレゼント企画でもないわよ！　試練の一環なんだから真面目にやんなさいよね！」

ランダの怒号を聞いて、シェフ・ラビットはしかたなくへろへろとパンチを放つ。

だがシェフ・ラビットのフィジカルはそれでも十分に強力な一撃となり、アリス人形を行動不能にした。

「ああー！　私の人形がー！」

「あんたのじゃないわよ！　てかなんであんたがショック受けてんのよ！」

「そりゃ私にそっくりな姿が仲間に倒されたらちょっとイヤですよ！」

「ボクもちょっと後味悪いな……ごめんね」

シェフ・ラビットが倒された人形をお姫様抱っこし、壁の方に移動させた。

目を閉じさせ、髪や服についた埃《ほこり》を軽く払って横たえる。

『あらやだイケメン』

『百合《ゆり》が捗《はかど》る』

「えっ、ちょっとそういうのズルいんですけど。本物より優しくないですか？」

『御本尊が人形に嫉妬するな』

『等身大人形にＮＴＲされてる』

「そういう邪《よこしま》な目で見ないでほしいんだけど!?　ていうか先に進まなきゃ負けちゃうし……！」

シェフ・ラビットが気を取り直して立ち上がり、地下16階層へと進んでいく。

セリーヌとの距離は一度差を付けられながらも、シェフ・ラビットは果敢に距離を詰めていく。決戦は後半戦に突入しようとしていた。


古代に幽神霊廟を攻略した聖人や聖女、あるいはそれらに匹敵する冒険者の記録は、今も霊廟《れいびょう》の中に残っている。

正確には、悠久の眠りを続ける幽神の記憶領域に情報が保存されており、守護精霊たちはそれを読み取って新たな挑戦者への試練に使うことができる。

地下19階層を守るのは、『竜』の聖女リアという、８００年前に魔王を討伐した聖女を模倣した人形であった。竜の姿に変身して襲いかかるという猛者だ。ランダの説明によれば、身の丈30メートルもの巨大な竜に変身するはずだが、人形の力の限界で、人間とほぼ同サイズの竜にしか変身できない。

だが、その攻撃力と俊敏さはアリスの人形を凌《しの》ぐものであった。鉱石の弾丸を撃ち放つ前に、セリーヌの首に竜の牙が襲いかかった瞬間、セリーヌは転移した。

「あっ、あれ、ここは……ふりだしのところ……?」

セリーヌが困惑しながら周囲を眺める。

今まで苦戦していた聖女を模した人形はどこにもなく、そこにあるのはすでに破壊された巨大なボーンソルジャーが倒れているだけだ。

そしてようやくセリーヌは気付いた。

死亡判定を受けて、スタート地点に戻されてしまったと。

「はいアウト。あと一秒であんた失神して殺されるところだったわよ」

「いやー! うっそでしょー!?」

セリーヌが珍しく……というより、視聴者の前で初めて、素の感情をあらわにした。

『かわいい』

『不思議と幼女みがある』

『ちょっとアリスっぽい』

「あっ、あらやだ……ごめんあそばせ。ちょっと仕草が移りました」

だがすぐにセリーヌは我に返った。

視聴者を笑わせるちょっとしたコメントを残す余裕を忍ばせている。

「セリーヌ、あなたカメラを向けられてることに悪い意味で慣れすぎですね……。今みたいな素をもっと出してリラックスした方がよいと思います」

「決闘中にそういう真面目な指摘をするのやめてくださいまし!」

セリーヌが顔を赤らめてきっとカメラを睨《にら》む。
だがそこには気品の高さゆえの威厳はなく、年相応の可愛《かわい》らしい少女の振る舞いだ。
一部の視聴者のハートを射貫《いぬ》きつつ、セリーヌは再び攻略を始める。
そしてシェフ・ラビットの方は、時間を掛けつつも堅調に攻略を進めていた。
人形の攻撃を避けて、避けて、そしてまた避けて、粘り強く対応している。
「あれ、意外に善戦してますね……？　けっこう難しいステージのはずですが」
「難しいけどやっぱり、こう……既視感があるというか……」
シェフ・ラビットのコメントに、視聴者も頷《うなず》くところがあったようだ。
『やっぱゲームに影響されてるよな』
『ボスラッシュ感がある』
『2Dアクションの作法やお決まりを守ってる雰囲気』
『グレート魔神村にこういうのあったわ』
『よく見ると、技を放った後の謎の硬直時間とかあるし』
「あんたらそれ書くの止《や》めなさいよ！　外野が助言するのルール違反じゃないの!?」
ランダが怒って視聴者を威嚇するが、視聴者たちは特に怯《おび》える様子もない。
というよりランダが怒っているのを楽しんでいる。
このまま漫才のような展開が続くかと思いきや、シェフ・ラビットが死んだ。
『あっ、死んだ』

『ていうか落とし穴に落ちた』

『レスバしてる間にピンチを見過ごしてた』

「うわあああ！　ちょっとストップ！　ワープ！　ワープ起動！」

ランダが焦ってシェフ・ラビットをスタート地点に転移させた。

「あたしが目を離してる隙に死ぬのやめなさいよ！」

「そんな無茶な……」

シェフ・ラビットが大の字に床に転がりつつ、荒い息を吐きながら弱々しく抗議した。

ランダが作った落とし穴は、終わりがない。数分、あるいは10分以上ただただ落下する恐怖を叩《たた》き込んで、その上で初期位置に戻すというものだ。地面に叩き付けられて死ぬことはないが、それでも慣れない人間は死の恐怖に耐えなければならない。

「で、あんた大丈夫？　ギブアップとかしなくていい？」

「もっ、もちろんしないよ！」

シェフ・ラビットががばりと起き上がる。

「ラビットちゃん……でも、無理はしない方が……」

「アリスちゃんも安心して！　まだまだへーきへーき！」

シェフ・ラビットはガーゴイルが構えるカメラに向けて、細い二の腕を見せつける。

筋肉を見せびらかしているつもりのようだが、実際はそのしなやかな美しさが目立つばかりだ。

「ボクはアリスちゃんと組んで、これからも色んな動画撮ったり配信したりしたいからさ。リョコウバトを狩って食べるとか本当初めての経験だったし、これからもそういうことしたい。そのためには、今ここが踏ん張りどころなんだ」

『やだ……イケメン』

『がんばれ、シェフ・ラビットちゃん……！』

『でもリョコウバトは流石《さすが》に食うな』

「あれはついなりゆきで……ともかくがんばるよ！」

シェフ・ラビットがコメントへの返事もそこそこに走り出す。

こうしてセリーヌとシェフ・ラビットは奮闘を重ねていく。

そしてついには地下20階層へと到達することができた。

「ど、どうも」

ここから、二人の攻略ステージは合流する。

シェフ・ラビットはまったく同じタイミングでセリーヌと顔を合わせたことに驚きながらも、おずおずと頭を下げる。

それを見たセリーヌがくすりと笑った。

「……あなたも想像以上に粘りますわね。すみません、正直に申せば見くびっていました」

「自分でもびっくりしてます」

「ふふっ、負けませんわよ」

「こっちだって」

二人は頷き合い、そしてランダの待ち構えている広間への入り口を同時にくぐった。

「遅かったわね」

ランダが、その奥の玉座に腰掛け、脚を組んで待ち構えていた。

ワイングラスを持ち、優雅に酒を味わっている。

「ずいぶんと余裕ですこと」

「あ、多分あれワインじゃなくてお酢のソーダ割りだと思う。先週通販で買ってたよ」

「あら、健康的で素敵」

「い、いいじゃないのよ！　戦うときは飲まないって決めてるのよ！」

「ですので褒めているのですが……」

「気付かないフリしろって言ってるの！」

あーもうとランダが地団駄を踏む。

しかし気を取り直してお酢のソーダ割りを飲み干して玉座から立ち上がった。

「ったく、まあいいわ。挨拶は抜きにして始めるわよ……【蛇炎抱擁】」

ランダが右腕をまっすぐ横に伸ばした瞬間、腕よりも太い炎の蛇がランダの腕に絡みついていた。それが1匹、2匹、3匹と増え、そのままランダの体を這《は》い回る。

まるでランダの体が炎に包まれているようだが、獰猛《どうもう》な獣を飼いならす主人のごとくランダは嗜虐《しぎゃく》的な気配を放ち、二人を睨みつけている。

「……来るよ！」

シェフ・ラビットが叫んだ瞬間、10匹に増えた蛇は凄《すさ》まじい速さで二人に襲いかかってきた。

「【金剛障壁】！」

「手の内は知ってるわよ！【火炎槍《そう》】！」

蛇はセリーヌの生み出した壁に完全に阻まれた。

だがランダはどこからともなく長大な槍《やり》を取り出した。身の丈を超える長さの槍からは炎が吹き出し、それが推進力となってセリーヌの壁を穿《うが》つ。金属と金属がこすれ、軋《きし》み、不愉快な音を立てる。

その交錯の隙をついてシェフ・ラビットが駆ける。だがセリーヌに散らされた炎の蛇たちが襲いかかる。

「うわっ！　速いッ……！」

四方八方から炎の牙で襲いかかり、あるいは鞭《むち》のようにしならせた胴体で襲いかかる。

シェフ・ラビットは必死に飛び跳ねて逃げ、だが逃げていてばかりではまずいと察した。

このままでは部屋の隅に追いやられて、まさしく肉食獣に狙われる野兎《のうさぎ》のごとく狩られるだけだ。

ここにシンプルかつ残酷な事実がある。

魔法を使うことも、聖女が持つような権能も持たない、ただ肉体が頑健なだけが取り柄のシェフ・ラビットには、何の手立てもない。

「くっ……【鉱石弾】」

「遅い！　浮世離れし過ぎて頭の中ラグってんじゃないのお姫様！」

「なんか物凄《ものすご》い罵倒された気がするんですけど！」

鉱石の弾丸が生み出される瞬間、槍の横薙《よこな》ぎがセリーヌを襲った。

すんでのところで攻撃を取りやめて、再び【金剛障壁】で壁を生み出すのは間に合ったが、槍の圧力はその壁ごとセリーヌを吹き飛ばした。

「セリーヌさん！　くっ……！」

「ちょっとランダ！　なんか私と戦ってるときより強くないですか！」

「あのねー、あんたの馬鹿力とケダモノじみた直感にあたしが手こずっただけよ。あの二人くらいなら片手でだって相手できるわ」

思わず口を挟んだアリスに、ランダがバカにしくさった口調で反論した。

『アリスさんは別格』

『反射神経とかとっさの判断がヤバい』

『攻防速カンストキャラと比べるのがおかしい』

「褒めてるようで褒めてない評価やめてください！　ていうか今は二人の状況が……あれ？」

アリスがツッコミを入れてたその瞬間、戦闘の状況に変化が現れた。

「ちょわわ！」

「くっ……あんたもけっこう馬鹿力ね……！」

「そこはスプリガンに言って！」

炎の蛇から逃げ回っていたシェフ・ラビットが、ランダを直接狙った。

高い跳躍から壁を蹴り、まさしく兎のごとく飛び跳ねて蹴りをランダに食らわせようとしたのだ。そしてシェフ・ラビットを追ってきた炎の蛇をセリーヌが倒していく。

「なるほど。こちらには飛び道具が効くようですね」

「なんで協力してるのよ！　あんたたち対決してるのよ！」

「あら、好きにしろ、勝手に戦えとアリスは言ってましたわよ？　であれば、こうしてタッグを組むのもこちらの勝手かと思っておりましたが」

違ったかしら？　とセリーヌは白々しい疑問を口にする。

「そーだよ。ていうか示し合わせたとかじゃなくて、なんとなくこういう流れになっただけだから、なんか悪巧みしてるって思われるのは心外だなー」

シェフ・ラビットが執拗《しつよう》にランダの槍を狙う。

俊敏な動きでランダの周囲を動き回り、横や背後に移動して隙を狙っていく。

「ふん……互いの長所を活《い》かして不利な状況を覆そうとするのは悪くないわ。でもそれは、どれか一つでもあたしの力を上回ったらの話よ……【炎舞脚】！」

ランダがステップを踏むように石畳を踏みしめた。

ヒールが軽快な音を鳴らしたかと思うと、そこから火花が生まれた。

まるで火打ち石で薪《まき》に火をつけたかのように、小さな火が燃え盛っていく。

ランダの膝から下が紅蓮《ぐれん》の炎に包まれ、さらにくるくると回って踊るようにシェフ・ラビットに襲いかかってきた。

「うわっ！　無理！　ていうか熱くないの!?」

「自分の炎で死ぬバカはいないわよ！」

シェフ・ラビットを蹴り飛ばし、そのままの勢いでセリーヌにも挑みかかる。

「くっ……【鉱石弾】！」

「狙いも勢いも甘い！」

セリーヌは生み出した壁ごしにランダを狙うが、ランダは炎をまとった脚を振り回して弾丸をすべて撃ち落とす。さらには高く跳躍しながらの踵落《かかとお》としで、壁そのものを縦に真っ二つに両断した。

その鮮やかな手際に、苦境に立たされる挑戦者を案じつつも賞賛のコメントが流れる。

『二人を応援したいところではあるけど、この動きはすごい』

『バレエダンサーの動きで炎と舞ってるのゾクゾクするほど美しい』

『完璧なおみ足』

『踏んでほしい』

「あーっはっはっは！　もっと褒めていいんだけど!?　プレゼントリストでワイン送りなさい！　生ハム原木も大歓迎よ！」

二人がグロッキー状態のうちに、ランダがこそっとタブレットでコメントを確認して高笑いを上げた。

『舐《な》めプ感激しいがそれがいい』

『かわいい』

『いや、まだだ！　挑戦者は倒れてないぞ！』

警告のコメントが書き込まれた瞬間、ランダははっとして振り返った。

「食らえーっ！」

そこには、鋼鉄の鎧《よろい》を纏《まと》ったシェフ・ラビットがいた。

「なによそれっ!?」

ランダの炎をまとった脚が再びシェフ・ラビットを蹴り飛ばそうとするが、がっしりと強固な鎧に阻まれる。

「今です！」

「どっせーい！」

技術も何もない、ただの体当たりがランダを襲った。

だがその重量は想像以上に重く、ランダは転びそうになるところをよたよたとたたらを踏んでなんとか堪《こら》えた。

「あんたたちいつの間にそんなに仲良くなってるのよ！」

ランダが吠《ほ》える。

今のシェフ・ラビットは、まさに重装歩兵と言った姿だ。

その鎧の出処《でどころ》は当然、セリーヌであった。

「そもそも、別にボク、セリーヌさんに悪印象は抱いてないというか……。決闘はルールに則《のっと》ってやってるだけで、憎いとか嫌いとか、そういう感情は持ってないし」

「アリスと遊んでてずるいなーとか羨ましいなーとか思ってはおりますし、この決闘に勝ちたいという気持ちはもちろんございますわ。でも、手を組むのを嫌うような怨恨はございませんし」

「ねー」

「ねー」

シェフ・ラビットとセリーヌが頷《うなず》き合う。

「……なんか私だけ仲間はずれにされてないです？」

アリスが寂しそうにぽつりとコメントした。

「いやアリスちゃんは実況じゃん。こっちのこと面白おかしくいじってたじゃん」

「そうですわ。あなた、高みの見物を決め込んでいるじゃありませんの。今この瞬間では、同じハードルを越えてきた人のほうがまだ親近感が湧くというものです」

『アリスが俺たち側になってしまった』

『高みの見物面白いんだよな……』

「罪悪感を覚えるのでスパチャ送ります　¥10，000』

『スパチャありがとうございます！　で、でも私は基本的には体張ってますし！　今回だけ特別ですもん！』

アリスの必死の弁明に、視聴者が笑ってシェフ・ラビットたちが苦笑を浮かべた。

「脱線してんじゃないわよ！」

「脱線しなきゃ視聴者に伝わらないもん！」

そんな雑談にランダが怒りながら、再びシェフ・ラビットに襲いかかる。

今度は槍を手にして、速度よりも突破力や攻撃力を優先してきた。

「ぐっ……重いっ……！」

「重いのはこっちのセリフよ！　地の聖女、何か仕掛けたわね……！」

シェフ・ラビットを槍の連撃で牽制《けんせい》しつつ、炎の弾丸を左手から放ってセリーヌを狙う。

だが狙いの甘い魔法はセリーヌに難なく避けられた。

「最近、ニュースでアシストスーツやパワードスーツというものを目にしましたの。これ、わたくしもできるかしらと思ってやってみたら案外うまくいきましたわね」

「鎧のほうが体を支えてくれるからめっちゃ楽。スピードは出ないけど、力はすごく出るよ……！」

ランダの豪槍《ごうそう》は、シェフ・ラビットの腕の乱暴な払い除《の》けによって完全に防がれている。

このまま膠着《こうちゃく》が続くか……と思ったあたりで、ランダが跳躍して距離を取った。

「すぅー……はぁー……」

少し息が上がり気味だったランダは、自分を落ち着かせるように深呼吸をする。

同時に、今までの怒りや苛立《いらだ》ちの気配も消えていった。

「あら？」

「うん……？」

いぶかしむ二人に、ランダは静かに告げた。

「いいでしょう。合格。二人とも、アリスほどの強靭《きょうじん》さはないけれど、二人合わせれば十分に地下20階層を攻略したと認められるレベルよ」

ランダの静謐《せいひつ》な口調は、逆にシェフ・ラビットとセリーヌに緊張感を与えた。

今までのおちゃらけた気配が去り、アリスや視聴者も固唾をのんで見守っている。

「……人の子は恐怖の緯糸《よこいと》を子々孫々に伝え兵どもは槍《やり》を交える前に悪罵の経糸《たていと》を唱える。悪罵と恐怖で織られた偶像こそが我が強さ。人々の伝え呪う魔女の呪いなり」

ランダが炎を身にまとった。

それは今までのような赤々と燃え盛る炎ではなかった。

今までの倍以上の熱を放ちながらも、どこか冷え冷えとしたものを感じさせる青い炎だ。

薪を燃やし暖を取るという側面のない、ただ敵を焼き尽くすためのものだと、シェル・ラビットは肌で感じとった。

「もう少し隠しておきたかったところだけど、ちょっとだけ本気を出してあげるわ……。これを突破して御覧なさい。これが私、地下20階層を守る守護精霊としての最後の試練よ」

「ランダちゃん、それは……？」

ランダが両手を高々と掲げる。

するとランダの身に、青白いオーラのようなものが纏わりついた。

見ているだけで心が寒々とする気配が漂う。

そのオーラが、ランダの操る炎と溶け合い、青白い炎として燃え盛っていく。

「魔女の呪いよ。呼び水となりて大いなる幽界の神を顕現させせよ……【幽神掌】」

呪文を唱え終わると、青白い炎は手の形となった。

ただしその大きさは、人の背丈の3倍はあるだろう。

そして今までの巨人のボーンソルジャーのような鈍重さはない。

猛烈な熱を放つ巨大な手は、ランダの思うがままに精緻な動きを見せる。

右手がシェフ・ラビットの方を向き、左手がセリーヌの方を向いた。

「挑戦者たちよ！　偉大なる神の掌《てのひら》の中で圧壊せよ！」

右手は凄《すさ》まじい速度でシェフ・ラビットの肉体を摑《つか》み、そのまま壁に叩《たた》きつけた。

「うわあああぁーっ!?　あっつ！　熱い！　死ぬ死ぬ！　ほんと死ぬ！」

左手の方は膠着状態だ。

セリーヌが自分を中心にバリケード状の石を生み出して左手を防いでいる。

「ま、流石《さすが》に経験の違いが出るわね。準備の必要な魔法の気配を察したら全力で妨害するか防御するか瞬間的に判断しなさい。のうのうと口上を喋《しゃべ》らせてるようじゃ駄目ね」

「ぐっ……ぐあ……！」

「ま……シェフ・ラビットちゃん！　大丈夫ですか！」

「だ、大丈夫ってぇ……言いたいところ……だけど……ぎゃっ」

シェフ・ラビットの音声がひび割れたかと思いきや、耳障りな音とともに途絶した。

『こりゃヤバいぞ』

『インカム壊れたんじゃないか』

『炎に包まれてなんも見えない』

『ここに来たら見えないほうがいいだろう』

『生き返るとわかっててもこれはヤバい』

『でも、スタート地点に戻ってる様子がないってことは、死んでないってことだよな』

『……生きたまま焼かれてるってことでは』

『ヒエッ』

アリスはその書き込みを見て、今のシェフ・ラビットの状態を理解した。

「ランダ！　もういいでしょう！　死亡判定を出すべきです！」

「駄目。カメラ越しじゃわからないだろうけど、こいつは今、立ち向かおうとしている。

諦めて逃げたいと感じた瞬間か、全部燃やし尽くした瞬間には戻してあげる。でもそれはまだよ。挑む心と体を持つ者に加減はしない」

「ですが！」

この人は地球人なのです、という言葉がアリスの喉元まで出かかった。

しかしそれは言えない。

秘密を漏らすわけにはいかないのは当然として、生まれがなんであれ挑戦することを決めたのはシェフ・ラビット、すなわち誠《まこと》自身だ。

そしてセリーヌは猛攻を凌《しの》ぎながら、反撃の隙を見出《みいだ》そうと注意深く守りを固めている。

決着はまだ付いていない。

外野であるアリスが止める手立ても権利もない。

「もう死んだかしらね……残念よ。これであなたの勝利の芽は完全になくなったわ」

ランダがそう言って、右手に込めた力を解いて炎の腕を消し去る。

そこには何も残っていない。

焦げた欠片《かけら》すらなく、わずかに部屋の中に流れる気流に流されるまま、灰が飛んでいく。

『シェフ・ラビットちゃんが燃やされた……』

『生き返るとは言え、これは忍びない』

『トラウマとかになってないといいが……』

『あれ？』

『なんか映ったぞ。虫か？』

『まさか。あんな熱の中にいたら虫だって死ぬ』

ふとアリスがコメント欄を見ると、そこでは妙なざわめきがあった。

てっきりシェフ・ラビットの安否を気遣う声ばかりかと思いきや、何かに気を取られている。

「虫……？　まさか、あの階層にはそんなものが紛れ込むはずはないのですが……」

そう思ってアリスは画面を眺める。

『あそこあそこ！　ランダの玉座の横の方！』

『ガーゴイルさんあれ映して！』

呼ばれて気付いたガーゴイルが、玉座の方にカメラを向ける。

そこには、虫というよりは小動物程度の大きさの何かが必死に走っている。

ネズミや小鳥ではない。二足歩行だ。

まるでマラソンか何かのように腕を振り、必死に走っている。

『銀色の……ミニチュア人形？』

『あ、ウサ耳がある』

『ってことは……』

『あれ、もしかしてシェフ・ラビットちゃん!?』

アリスが、そんなバカなと思って画面を見た。

しかもミニチュアとか銀色とか、わけのわからない書き込みは正しく真実であった。

今までの7分の1ほどのサイズの、銀色に輝くシェフ・ラビットが確かに走っている。

「はぁー!?　なによそれ!?」

ランダも遅れて気付いた。

だが対応は遅れた。

セリーヌもまた、自分の権能を駆使してランダの【幽神掌】に対抗しようと粘っている。

隙を見せれば突破される可能性はある。

「てゆーかそんな魔法使えなかったでしょ！　反則してるんじゃないでしょうね！」

「反則じゃないはずだよ！」

シェフ・ラビットは小さくなったために声も妙に甲高い。

「あ、そっか。これ、原初の土で作った人形かぁ。なるほどねー、こういう使い方を思いついたかー」

そのとき、カメラを構えていたスプリガンが妙なことを呟《つぶや》いた。

そしてアリスとランダがその言葉で、今のシェフ・ラビットの状態に気付いた。

シェフ・ラビットの状態は、今までと同じ人形だ。

ただし、サイズはまるで違う。

魂を封じ込めることのできる原初の土を使って、等身大ではなくミニサイズの人形を作っていたのだ。

「やられた瞬間、こっちの人形に魂を移したんだよ……！　体が銀色なのは……ホムセンで買った600度耐熱塗料で塗りたくったから……！」

『なんだ、仕掛けがあるのか？』

『反則ってわけじゃなさそうだな』

『解説よろ』

『耐熱塗料って、薪《まき》ストーブの煙突とか車のマフラーに塗るやつだよ』

『知りたいのはそっちじゃなくて小さくなった理屈の方だよ！』

『あっちの世界の魔法なんてわかるわけねえよ！』

『なんでもいい、もうすぐゴールだぞ！』

「そうです！　シェフ・ラビットちゃん！　走れ！　いけー！」

ランダがピンチを察してセリーヌに背を向け、シェフ・ラビットを倒さんと襲いかかった。

「耐熱塗料だかなんだか知らないけど、熱に対抗できるだけで衝撃には対抗できないでしょう！　喰《く》らいなさい！」

炎の弾丸がシェフ・ラビットの背中を襲う。

動物的な直感が働くのか、それを必死に飛び跳ねて避ける。

『見てから回避も余裕かってくらいの反射神経』

『ちっちゃい分、動きの予想が付きにくいな』

『しかし一発でも食らったらアウトだぞ』

この状況にランダが痺《しび》れを切らした。

セリーヌを封じつつも器用に別の魔法を唱える。

「くそっ……霊廟《れいびょう》に本気で挑戦するわけでもない連中に負けたら守護精霊の名折れよ……【蛇炎抱擁】！」

ランダが炎の蛇を生み出し、シェフ・ラビットにけしかける。

炎の蛇の精密かつ有機的な動きはまさしく獲物を狙う狩猟者のものだ。

直感で避けたところで、肉食獣は常にその先を狙っている。

「ぐうっ……！　あっつ、熱い……！　めっちゃ熱いんだけどぉ……！」

『ヤバいぞ、捕まった！』

『声に微妙に余裕があるがw』

『いやしかし絵面がヤバい』

「……それじゃゲームオーバーね」

「い、いやだ……」

「別にいいじゃないの。勝敗に命運が関わってるわけでもないじゃない。小競り合い程度で命を張るバカに現実を教えてあげるんだから感謝しなさい。どっちが勝っても、どうとでもなるじゃない」

シェフ・ラビットが炎に焼かれながらも叫んだ。

「そうだけど！　ずっと！　アリスにだけ戦ってもらってた！」

「え、私？」

アリスがきょとんとした声で反応する。

「ボクは！　女の子に！　武器を渡して！　ちょっと戦ってこいって送り出して……スパチャとか配信収益で稼いでた！」

『運営側なら確かにそうだけど、改めて考えるとなかなかひどい』

『字にするとヤバい』

視聴者が冷静に指摘する。

だがそれに、シェフ・ラビットは強く答えた。

「そうだよ！　ヤバいよ！　だから……人に戦わせてるから……こういうときくらい、責任を取らなきゃいけないんだ！」

「……そうね。あんた、そういうポジションの人間よ。他人を危険な場所へ送り込んで戦わせて、得られた財貨を掠《かす》め取る。配信者の事務所だろうと王様だろうと同じこと。人間が社会を営む限り絶対に存在する悪党よ。焼き殺されて、自分の罪深さを自覚しなさい」

「イヤだ！」

「ちっ……諦めが悪いわね。もう1匹出してやろうかしら」

蛇は小さな人形のシェフ・ラビットをその吹き上がる火で燃やしつくそうと絡みつき、そして締め上げる。

耐熱塗料があるとは言え、所詮は表面に塗っているだけに過ぎない。

確実にその熱は人形の内部に伝わっているはずだ。

シェフ・ラビットの甲高い悲鳴が響き渡る。

『お、おい、ヤバいぞ。もうギブアップした方が』

「いっ……イヤだって……言ってるじゃないか……！」

今にも死にそうな声を、マイクが拾う。

「事務所なんて！　経営者なんて、悪党だよ！　そんなのわかってる！　だけど……それでも、事務所をやってるなら、メンバーは食わせてやらなきゃいけないんだ……！　体を張って、メンバーを守るんだってことを、証明しなきゃいけないんだ……！　仲間を守りたいんだ……！」

「ま……ラビットちゃん……」

アリスがうっかり誠の名を呟きそうになる。

実のところアリスは、どうして誠がこんなに体を張るのかと疑問を感じていた。

強者特有の感覚で、「まあ地下20階層を目指すくらいならば大丈夫だろう。ランダもそこまで過激なことをするまい」と油断していた。

だが、ランダは配慮こそしつつも手加減をしなかった。

むしろ平時よりも難易度が高いくらいで、今回の挑戦者たちを本気で撃退しようと様々な策を凝らしている。

あれ、けっこうまずいのではとアリスが気付いても、誠、あるいはシェフ・ラビットは何故《なぜ》か気力が萎えることなく挑戦し続けた。

配信が始まり実況を担当しているアリスには、「どうしてそんなに頑張るんですか」などとは聞けなかった。後で根掘り葉掘り聞きたいと思い、我慢していた。

だがシェフ・ラビットは強く答えた。

守りたいと。

「がんばれシェフ・ラビットちゃん！　本当に、あとちょっと！　あとちょっとなんです！　がんばれ！　がんばれ！」

『なんだか知らんがとにかく頑張れ！』

『百合《ゆり》の気配を感じるがとにかく頑張れ！』

『頑張れ！　頑張れ！』

視聴者もアリスの言葉に反応して応援コメントを書き込んでいく。

その一方でランダはアリスと対照的に苛立《いらだ》ちを深めていった。

嗜虐《しぎやくてき》的な気配がより濃厚になっていく。

「御高説どーも。でもそれは邪魔者を全部薙《な》ぎ払える強さがないと意味がないの。子ネズミをいたぶるようで気が進まなかったけど、まるごと焼いてあげま……がはっ!?」

「あら、背中がお留守でしてよ」

ランダが本気の詠唱を唱えようとした瞬間、完全にセリーヌから注意がそれた。

それを見逃すセリーヌではなかった。

鉱石の弾丸がランダの背中を襲い、何発か命中している。

「なっ……くそ、あんた……！」

「わたくしも、アリスにずっと戦ってもらっていました。シェフ・ラビットちゃんの悩み、よくわかります。そういう悩みを持たない人だったら、アリスのことを預けたくはありませんでした」

「あんたこそ敵はあっちでしょーが！　あたしに構ってる暇はないでしょう！」

「すみません、わたくし細かいことは忘れっぽくて」

「何が忘れっぽいよ！　あんた、試練を課したことちょっと恨んでるでしょ！」

ぎゃーぎゃーと騒ぎながらも、ランダは散発的に炎の弾丸をシェフ・ラビットに向けて放つ。

それは命中精度こそ悪いが、一発でも当たればシェフ・ラビットの体は持たない。

炎の弾丸は速く、目で避けられるものではなかった。

だから、シェフ・ラビットは走った。

ジグザグに走り、あるいは曲がりながら走り、当たらないことを祈りながら必死に。

「もうちょっと！　あと10メートルですよ……！」

『がんばれ！』

『いけ！』

「くっ……さっせるかぁー！」

セリーヌからの妨害を無視してランダは炎の弾丸を撃った。

今までとは段違いに命中精度がよい。

シェフ・ラビットが目指す場所はもはやゴール……ランダの玉座の向こう側、地下21階層に繋《つな》がる下りの階段だけなのだから。

炎の弾丸が放たれると同時に、シェフ・ラビットは跳躍し階段へとダイビングした。

弾丸が床に着弾し煙を上げ視界を遮る。

だが、カメラは捉えていた。

そのとき確かに、炎の弾丸が当たる前に階段へと潜り込んだシェフ・ラビットの姿を。

「かっ……勝った！　シェフ・ラビットちゃんが勝ちました！」

『おめでとう！』

『すごい！　小さい体でよく頑張った！』

『小さい体への賞賛のニュアンスが違う』

『ともかくすげーよ！』

『セリーヌさんも惜しかった』

『ランダちゃんのポジションは若干可哀想《かわいそう》だったw』

『お疲れ様でした』

コメント欄に賞賛と慰労の言葉が流れてくる。

そのとき、ひょこひょこと小さな体のシェフ・ラビットが煙の中から現れた。

銀色に塗りたくられた体はともかく、髪の毛の一部や塗りきれなかった服が焦げてボロボロに見える。

アリスも視聴者も心配するが、シェフ・ラビットは胸に手を当て、丁寧にお辞儀をした。

まるで客を見送るシェフのように。

「ご視聴ありがとうございました」

こうして、決闘は無事に終わりを迎えたのだった。

◆

決闘の配信が終わり、全員が『鏡』のあるアリスの部屋に集まった。

誠《まこと》の魂はすでに人形から離れ、肉体のある地球に戻っている。今まで使っていた人形は服を着せられ、まるでマネキンのように静かに部屋の片隅に飾られている。

「セリーヌさん、一応確認しておこうと思うんだけど……最後の方で俺を助けてくれたよね？　どうして？」

「どうしてと言われても……ああした方が盛り上がって面白かったかなと。その場の空気とノリを優先しただけで、深い考えはありませんわ」

「でも、あの場で俺の方を妨害した方が勝てたんじゃ……」

「勝敗については正直、どうでもよかったと思っています」

「えっ」

誠が、その言葉に絶句した。

「わたくしは別に、ここでの勝敗など最初からこだわっていません。ただそれを言ってしまっては楽しくもなんともないですからね。わたくしたちはもちろん、視聴者の方々も」

「え、えーと、アリスの配信者人生が懸かってると思ってて、けっこう本気で頑張ったんだけど」

「はい。それを見たかったのです」

くすりとセリーヌが意地悪な笑みを浮かべる。

「もしかしたらとは思ってましたが、セリーヌ、あなたの中ではほぼ結論が出ていたのですね」

アリスは誠ほど驚いてはいなかったが、それでもセリーヌの言葉に呆《あき》れていた。

「……アリスを助けてくれたのですから、わたくしが誠さんを試すなどと言うのは最初から筋違いな話ではありました」

「え、そうかな？　セリーヌさんの立場なら仕方ないかなと思うけど……」

誠が不思議そうに聞き返した。

「わたくし、立場上やむをえない物言いだけで暮らしたいとは思いませんわ」

「そりゃそうだ」

セリーヌが苦笑し、誠もアリスもつられて微笑《ほほえ》んだ。

「……万が一の話を膨らませて怖がらせるような言葉ばかりぶつけてしまいました。嘘《うそ》を言ったつもりはありませんが、少々意地の悪い言い方もしましたし」

それは、今のアリスがセリーヌを助けるということは、誠は間接的に革命を支援する立場になる、という話だ。うまくいくならば問題はなくとも、仮に失敗したとき、誠は今のエヴァーン王国にとっては紛《まが》うこと無き犯罪者であった。

「でも俺が革命を手伝うことになるのは事実だしなぁ。俺に懸賞金とか掛けられてもおかしくはないだろうし」

「もしそういうことがあったとしても、革命軍の首領であるわたくしが守るべきものなのです。軍団員や協力者を守ると言えない不甲斐《ふがい》なさを糾弾されるべきところでした。わたくしの口からは言いませんでしたけど」

「マコト。セリーヌにはこういうズルさがあるんですよ」

アリスが渋い表情を浮かべて言った。

自分の不利なことを隠していたことではない。

不利なことを隠していましたと素直に謝り、許される茶目っ気も持ち合わせている。

これで何度もセリーヌの頼みを聞いてやったことがあるなとアリスはしみじみ思い出す。

もっともアリス自身、セリーヌに助けてもらったことも数え切れないほどあるのだが。

「それに……むしろあなた方こそわたくしを見て、今のアリスの助けになるかどうかを見てほしかったんです」

「そこはもう想像以上に合格というか、デビュー1週間足らずでインフォーグラムで10万フォロワーを獲得してる人なら、こっちから頭下げてオファーしなきゃいけないというか……」

「お褒め頂きありがとうございます」

誠の称賛に、セリーヌはくすりと笑った。

「わたくしが負けた以上、あなたが頭を下げることなどありません。むしろわたくしがSNSでフォロワーを得たのも幸運によるところが大きいですし、そちらの世界での立ち回りはまだまだ不安なところがあります。ご指導ご鞭撻《べんたつ》、よろしくお願いしますわ」

セリーヌが丁寧にぺこりと頭を下げる。

「はいはい！　それじゃ仲直りってことで新たな目標に向けてがんばろうじゃないか！　仕事の話はここまでにして打ち上げを始めるよ！　こっちは配信には出なかったけど裏方はやってたんだ。お腹《なか》がペコペコだよ。……ってわけでアリスちゃん！　乾杯の音頭を取って！」

ぱんぱんと翔子《しようこ》が手を叩《たた》いてアリスを囃《はや》し立てる。

「そうそう！　カメラ班と機材班は黙って手伝ってあげたんだから、労《ねぎら》ってくれてもいいんじゃないのー？」

「うむ。縁の下の力持ちこそ讃《たた》えられるべきぞ」

「あら、場所を提供したのはあたしなんだけど」

二人の会話を黙って見守っていたランダやスプリガン、ガーゴイルたちもようやく宴会の空気を察して茶々を入れてきた。

「わかりましたありがとうございます！　はい！　それでは『聖女アリスの生配信』の新メンバー加入と、これからの目標……目標はどうしましょう？」

「あ、うーん、とりあえずフォロワー100万人とか？」

「100万ってマジでいける数字なんですかね……」

「ビビってんじゃないわよ！　てかさっさと始めなさい！」

「わっ、わかりましたよ！　100万目指すので皆さんこれからもキリキリがんばってください！　面白いことやってドッカンドッカン地球の民どもを笑わせるように！　はい乾杯！」

少々投げやり気味のアリスの乾杯の声に、全員がグラスを上げて打ち鳴らした。

セリーヌも地球側の乾杯のスタイルを学んでいるようで、ごく自然にビールを飲む。

「あら美味《おい》しい！　このお酒、買えないかしら？」

「酒屋さんにオーダーすれば樽《たる》で仕入れるのはできるけど……」

「マコト。セリーヌの言う『買う』とはメーカーと交渉して輸出入をしたいという意味です。とんでもない量になりますよ」

アリスがやれやれと肩をすくめ、誠が苦笑いを浮かべた。

「でも、100樽分くらいならパーティー用とかで誤魔化して仕入れて、異世界に持ち込めるんじゃないかい？」

「翔子姉さん、それよりいつの間にランダと話し合ってたのさ。ピザカッターがそっちに行ってたの驚いたんだけど」

「試作品とか眠らせとくのももったいないしさぁ。ていうか誠のほうがずるいじゃないのさ！　バ美肉して異世界に行くだなんて！　あたしもやりたい！」

「原初の土、余っておったかの？」

「あるけど、翔子ちゃん用に調整するのはちょっと時間かかるかも。誠はずっと『鏡』の近くにいるから魂の分析とか簡単で人形も作りやすかったんだけど」

「えっ、俺の魂とか分析されてたの」

「わかったよ。ここに寝泊まりすればいいんだね」

「ええー、翔子姉さん仕事あるじゃん……」

「うるさい！　ここに泊まる！」

「翔子。そんなことより他にも色々と頼んでるものは進んでるの？」

「あ、その件だけどデザイナーさんから幾つか問い合わせが来てたんだよ。メール転送するから見ておいてくれるかい？」

「えっ、ランダ、何を作っているのですか？」

「新しい鎧《よろい》のデザイン考えてもらってるのよ。あとは地下20階層の調度品とか色々整えておきたくて」

そんな仕事のような雑談のような、笑い話のような雑多な会話とともに打ち上げは盛り上がった。数時間して最初に翔子がダウンし、そしてスプリガンやガーゴイルも飲みすぎたとばかりに千鳥足で去っていく。ランダは気付けば酒瓶を幾つか握ってこっそり自分の階層へと帰っていった。

「ごめん、ちょっと明日の仕込みがあるから上がるね」

誠が申し訳無さそうに言う。

だが実のところ、二人の時間にしてあげようという気遣いなのは明白だった。

「すみません、マコト」

「まだ飲むでしょ。これ、取っておいた」

誠は悪戯《いたずら》っぽい顔をしてあるものを渡した。

蜂蜜酒と、グラスが二つ。

その心遣いにアリスとセリーヌが喜びの表情を浮かべた。

「……誠さん。ありがとうございます。今日は本当に楽しかったです」

誠が背中でセリーヌの礼を聞いて、ぶっきらぼうに手を振った。

アリスは満足しながらそれを見送り、二つのグラスに金色の液体を満たしていく。

「これが……異世界の蜂蜜酒ですか」

「私たち敗者には似合わないかもしれませんが」

アリスの皮肉にセリーヌが苦笑する。

蜂蜜酒は、勲功をあげたものだけに許された勝利の美酒だ。

どんなに身分が高い人間であろうとも、ただ勝利した軍にいたというだけでは口にすることは許されない。兵からも民からも心からの尊敬を受ける英雄にこそ相応《ふさわ》しい。

この場で蜂蜜酒を飲むことは一種の背徳めいたものがある。

その背徳を分かち合う相手として、セリーヌはうってつけであった。

「まったく、口が悪くなったものです」

セリーヌも、意地の悪い表情を浮かべて背徳を受け取った。

「いいじゃありませんか。今や私もあなたも等しく凶状持ち。あなたこそこちらの流儀に慣れるべきです」

「まあ、偉そうな口を利くものですこと」

「そうそう。そんな調子でいいんですよ。素で上から目線のあなたのこと、嫌う人もいるでしょうが好きな人も少なくありませんよ」

「あなたに言われていましたね。上から目線なのはいいけれどそれを自覚しろと。言っておきますが、ちゃんと自覚してますよ？　あなたに遠慮する必要を感じていないだけです」

セリーヌの言葉にアリスはあっけに取られ、くっくと静かに笑い、それはやがて爆笑となった。

「こら、そんなに笑うものじゃありません。みっともない」

セリーヌはそう言いながらも、つられて笑う。

「みっともなくていいじゃありませんか。……こうして生きて、互いに酒を酌み交わせたのであれば、それはもう勝利です。一度や二度の戦に負けようと何度でも立ち上がればよいのですから」

「アリス」

「なんですか、セリーヌ」

「あなたに言いたいことは幾らでもあります」

「でしょうね」

「あなたにもたくさんあるでしょう」

「あります」

「わたくし、あなたがどうして氏素性も知れない男の世話になって芸人のような生き方をするのかと未《いま》だに怒っています。彼には恩があります。そこらの貴族どもよりよほど好感が持てます。専属のシェフになってほしいくらいです。でも」

「いやあげませんけど」

「取りませんよ。何よりわたくしは、あの人が妬ましくて羨ましいんです」

セリーヌの悪女のような、乙女のような笑み。

民をよく治め、兵を勇気付ける、尊い人の顔という虚飾を削《そ》ぎ落とした先にあるセリーヌのことが、アリスは好きだった。

アリスはセリーヌから妹のように愛され、セリーヌを姉のように愛した。

「あなたを助けるのは、わたくしでありたかった。でもそれは叶《かな》わなかった」

グラスを持ったセリーヌの手が震える。

後悔。懺悔《ざんげ》。嫉妬。

あるいはこの世界で唯一対等な人が生きてくれていたことへの喜び。

金色の液体の波紋はそのすべてを孕《はら》んでいる。

「だからせめてあなたを祝福する側でいたい」

「結婚する娘を送り出すみたいなノリにならないでくださいよ」

「ここで別れたらむしろ怒りますからね」

セリーヌの面倒くさい言葉にアリスは呆《あき》れた。

だがその面倒くささもまた、心地よかった。

「……セリーヌ。今回だけは、あなたをすべて許します」

「アリス……」

「あなたの立場を思えば、私を助けられなかったことも道理です。むしろ私こそあなたの期待に応えるために雌伏し、牙を研ぎ、反旗を翻す時を待つべきだったのでしょう。あなたに裏切り者とそしられても仕方がありません。そんな私のことを許してください」

「アリス、そんなことは……」

セリーヌが否定しようとする。

だが、アリスの真剣な表情を見て、止めた。

「……わかりました。あなたを許しましょう」

「ではセリーヌ。私はもう一度だけ、あなたの剣となりましょう」

「……ありがとう、アリス」

「100万のフォロワーを率いて、面白おかしいことをして、あなたの力になります」

その言葉に、セリーヌは真面目な表情を崩して失笑した。

「なんですかそれは」

「あなたも手伝ってください。私を。配信者アリスを」

アリスが、何一つ恥じない太陽のような笑顔でグラスを掲げた。

セリーヌは悪戯っぽい笑顔でそれに応じる。

「わたくしはインフルエンサーですよ。面白おかしなことよりも、お洒落《しゃれ》で素敵な日常を送ることでフォロワーを獲得しておりますの」

「そんな面白い返しができるなら十分です」

二人の笑い声と、グラスを重ねる音が響く。

敗北したときに飲む勝利の美酒は、甘くまろやかであった。

■永劫の地ヴィマってなんなの？　セリーヌ先生に聞いてみよう

／フォロワー数：298505人　累計good評価：1063989pt

アリスチームはセリーヌとの決闘で完璧な勝利を収めた。

だが配信者としてこの決闘を見たとき、敗者はいない。

フォロワー数も順調に増加を続けており、むしろ負けたはずのセリーヌが一番の勝者と言えるだろう。

『……ここまでが創世神話の概説となります。そちらの地球との一番の違いは、神々、あるいは人間の上位存在が確認されており、今も様々な遺産や痕跡が残っていることでしょうか。ですが、神への捉え方や宗教観がまったく異なっているはずなのに共通する文化や概念が数多く、とっても興味深いですね。また文化にしろ娯楽にしろ、地球の文化は勉強になることばかりで、わたくしとっても楽しいです！』

『聖女アリスの生配信』の新規投稿動画のサムネイルには、セリーヌがいる。

そのサムネイルから動画を開けば、今までのアリスの動画とはまた一風変わった内容の話が展開される。

あえて言うならば雑学系カテゴリに近い。

専門的な知識をやさしい言葉で解説する内容だ。

だがその専門的な知識は、今までの地球ではまったく皆無のものだ。

『というわけで、永劫《えいごう》の旅の地ヴィマについて、おわかりいただけましたでしょうか？』

　これは、異世界についての動画だ。

『さて、次回はヴィマ古代文明における魔法の成立と、魔法の実践トレーニングを絡めてお話を進めていきたいと思います。そちらの世界にはマナがないので魔法を使うのは難しいとは思いますが、ぜひお試しになってくださいね。初めての人ばかりでしょうけれど、大丈夫です、お姉さんに任せなさい』

　セリーヌが画面に示した図表を消して可愛《かわい》らしくウインクをした。

『あ、それと最後にお知らせがあります。来週、津句馬大学のオンライン授業に特別講師として招かれていますので、ご興味のある方はぜひご視聴ください。それではご清聴ありがとうございました。あなたの聖女、セリーヌでした。明日もがんばって、お勉強しましょうね♪』

　動画本編が終了し、フォローとｇｏｏｄ評価をお願いしますというアリスの音声が流れた。コメント欄には真面目で学術的な質問を押しのけて、「セリーヌちゃん可愛いよ！」、「ビシバシ教えて下さい」、「投げ銭したいので生配信お願いします」などなど、セリーヌ個人を推すコメントで溢《あふ》れかえっている。

「シェフ・ラビットちゃんの芸風を真似《まね》て、より男性視聴者に受けるムーブを習得してきましたね……。シンプルに可愛いのみならず、内容に合わせて地球人の視聴者をあえて子ども扱いしたり、逆に地球の文化へのリスペクトを示して謙虚かつ知的に振る舞ったり

「もはや天性の配信者だ……。このまま行けば100万再生行くんじゃないかな」

アリスと誠《まこと》が戦慄したように呟《つぶや》く。

当初の誠は、そこまでアクセス数が伸びるか少々疑問であった。

セリーヌのポテンシャルは凄《すご》く、そして動画の内容もこれまでの視聴者の疑問に答えるものではある。アリスの世界が謎めいていることは悪いことではないが、ずっと謎のままでは視聴者に飽きられてしまう。

だがその謎や疑問に答えを出すとなると、堅苦しい内容になることは避けられない。ヴィマとはなんなのか、地球との違いはなにか、どんな世界観や宗教観をもって暮らしているのか……という視点で説明し、地球側の人間と相互理解を深めるという遠大な目的がある。

つまり、娯楽コンテンツとしては不適格なほどに長い動画になる。大学の講義を受けたり通信教育のビデオを視聴するのと変わりない。

いかにセリーヌが美人で聡明《そうめい》で、国の重責を担う貴人として培ったコミュ力があろうと、「視聴者の時間を大きく奪う」という難関を越えるのは難しいと思っていた。

だが当初の予想を裏切り、めちゃめちゃバズった。

元々開設されていたセリーヌのチャンネルやインフォーグラムからの流入があるにしても、それだけでは説明がつかないほどにバズりちらかしている。

「あざといとはなんですかあざといとは！　こんな風に撮る方がアクセス数を稼げるって言ったのアリスと誠さんではありませんかぁ！」

セリーヌがぶんぶんと腕を振って抗議した。

こいついちいち可愛いなとアリスは思ったがムカつくので言わなかった。

「セリーヌ。責めているわけではありません。ただちょっと、男性視聴者を沼に沈めるのが上手《うま》そうだなと」

「クレカ限度額まで投げ銭する人、多分出てくるよ」

「結局褒めてないでしょう！　怒りますよ！」

「まあ言い方はともかくとして、新たな視聴者層を開拓したっていうのはあると思うんだ」

「新たな視聴者層？」

誠の言葉にアリスが反応した。

「今まではインフォーグラムで、セリーヌさんの文化的な振る舞いや魔法の凄さに刺さった視聴者層と、決闘配信で派手なアクションを期待してる視聴者層がミックスされてた状態だったと思う。アンテナを張って自分から動画を掘り当ててるヘビーユーザー層とその周辺がメイン。でもこの動画は、コンテンツに対して受け身な老若男女全般に引っかかってると思うんだ」

「でも、受け身な人がどうやってこの動画を知るのです？」

「質問の回答を待ちわびてた人からの拡散……かな。大学教授とか、学術系に近いインフルエンサーがこの動画を紹介してくれてるんだよ。ただ、学者さんは勉強になるからって理由で拡散してくれてるんだけど、そもそも解説してるセリーヌさんの魅力が凄い。そこで一般視聴者が集まって思わぬバズになってる……ってことだと思う」

「マコト」

「なに？」

「セリーヌへの評価、高くないですか？」

文句がありますとアリスの顔に書いてある。

誠は気まずそうに目をそらし、セリーヌは意地悪な微笑《ほほえ》みを浮かべた。

「あら、客観的な評価というものでしてよ？　そもそも、このためにわたくしをスカウトしたのでしょうに。アリスは何かお困りかしら？」

「最初にあなたをスカウトしたのは、科学的な調査をするためです！　男性視聴者を色香で惑わせて虜《とりこ》にするためではありません！」

「色香で惑わすとはなんですか！　真面目にやってます！」

「真面目にやってフェロモン出すのがよくないのです！」

ああでもないこうでもないとアリスとセリーヌが口論を始めた。

その横で誠は、タブレットに目を戻す。

そこには様々なメールが届いていた。

スパムや悪戯《いたずら》的なメールも多いが、その中に紛れて重要なメールがたくさんある。学術研究の申し込み、コラボ動画のお誘い、商品宣伝の依頼、事務所やプロダクションからのスカウトなどなどだ。セリーヌの動画配信によってこの手のメールが倍増した。

セリーヌには異世界の人間にさえも通用する知性と、そこにいるだけで見る者に幸福を感じさせる華がある。多くのメールはそれを雄弁に語っている。

「フォロワー数は29万８５０５人。ほぼ倍増ですね……」

「これでますますフォロワー１００万に近付きましたね！」

セリーヌが嬉《うれ》しそうにはしゃぐ。

だがその一方で、アリスは妙に考え込んでいた。

「アリス、どうした？　なにか心配があるのか？」

「ええ。少し問題があるかもしれません。まだ想像ではあるのですが……」

「問題？」

不穏な言葉に誠が首をひねる。

「ええ。ちょっと確かめてみようと思います」

◆

えー、テステス、マイクテス。

カメラもマイクもヨシ！

そんなわけで撮影や編集の練習を兼ねて、ちょっとした企画動画を撮ってみます。

投稿するレベルになるかどうかはわからない……というかお蔵入りする可能性大なのですが、何事も経験ですのでやってみます。

突発企画！　聖女アリス、体力測定です！

わー、ぱちぱちぱちー。

この動画は私のフォロワー数のキリが良いところで、どのくらいパワーアップしてるかを確かめてみようという内容になっております。

内容としては陸上競技や学校の体力測定を参考にしている感じですね。

短距離走100メートル、持久走1万メートル、砲丸投げ、走り幅跳びの各4種目にチャレンジしてみます。

というわけで、スプリガン、記録の測定をお願いします。

「握力測定とかやらないの？」

……私のパワーに耐えうる機材がないです。

「ヤバいねそれ」

いいじゃないですか別に！

それじゃ、100メートル走からいきますよ！

ようい、ドン！

◆

アリスはこっそり撮影していた動画を誠、翔子《しょうこ》、セリーヌの三人に見せた。

動画の中でアリスは、次々と凄《すさ》まじい記録を叩《たた》き出した。

100メートル走では3・0秒。

砲丸投げは180メートル。

1万メートル走は7分20秒。

走り幅跳びは42メートル50センチ。

地球のオリンピック選手の3倍から5倍くらいの肉体的なスペックがある計算だ。

しかもこれは、フォロワーが10万人に達成した時点での記録である。

「え、こんな面白い動画撮ってたの？　すごくいいじゃん！　もっと早く見せてほしかったくらいだよ！」

「下手なバラエティよりいいね。絵に力があるよ」

「やはりこのアリスの躍動感は素晴らしいですわ。普遍的な美しさがあります」

誠、翔子、セリーヌがそれぞれ、アリスの動画を見てほめそやした。

「あ、ありがとうございます。私一人で企画とか編集とかできないかなって思って作ってたんです……って、本題はそこではなくてですね」

「ああ、そういえば問題があるって言ってたっけ」

「はい……。これ、フォロワー数が増えるタイミングで計測していたんですが……結果が変なんですよ」

「変？」

誠が首をひねった。

だがすぐ何かに思い当たったようだ。

「……実際にランダとかと戦っているときの方が速く動いてるよね？　剣を振ったり殴ったりのパワーを考えると少し弱いような」

「あ、それは、体力測定では魔力を込めてないからですね。純粋な体のスペックだけで記録しないとフォロワーの伸びによる成長がわからないので」

「……これって素の肉体のスペックなんだ」

「そこで引かないでくださいよ！」

「ひ、引いてないよ！　めちゃめちゃ驚いただけで！」

誠が弁明する横で、翔子が何かに気付いた。

「わかったかも」

「翔子姉さん、何に気付いたんだ？」

「数字が比例してないんだよ」

そう言って翔子は、白紙のＡ４用紙を取り出してアリスの体力測定の記録を折れ線グラフにして書き出した。縦軸を１００メートル走のタイム、横軸にフォロワー数を書く。

「最近のフォロワー数の伸びの割りに、タイムとか記録が伸びてない。10万人フォロワーのときの１００メートル走は３・０秒。20万人のときは２・８秒。30万人近い今の記録だと、２・７６秒。他の競技でも鈍化してる」

翔子の言う通り、10万人から20万人にいくところで、折れ線は右上に伸びている。だが20万人から30万人にいくところでは、ほとんど横に伸びている。

「そうなんです……フォロワー数と強さが比例してないのです。流石《さすが》に物理法則を超える速さは出ませんから多少の鈍化はわかるんですけど、体感としてもパワーの伸びが数字と釣り合っていません」

アリスが頷《うなず》く。

思ってもみなかった事実に、セリーヌ、誠、翔子は、各々納得した様子で悩み始めた。

「翔子ちゃんは何か思い当たるところありますか？」

セリーヌが、翔子に尋ねた。

「うーん……。思い当たるっていうか……これ、セリーヌちゃんだよね」

「ですわね……。わたくしのフォロワーは、まだアリスを応援していないのだと思います」

セリーヌは答えを予期していたのか、落胆しながら頷いた。

ちなみにセリーヌと翔子は会って間もないが、不思議と意気投合していた。

中小企業の経営者という翔子のビジネス感覚と気っ風《きぷ》の良い姐御《あねご》気質は、セリーヌにとっては好感がもてるものだったようで、また翔子にとっても滲《にじ》み出る育ちの良さと現実主義を備えた人格は尊敬すべきものだったようだ。もうすでにお互いをちゃん付けで呼び合っている。

「フォロワー数は別にアリスちゃんの強さを必ずしも示してるわけじゃないんだよ。あくまでチャンネル登録ボタンを押したに過ぎないし。セリーヌちゃんがきっかけでアリスちゃんのチャンネルをフォローしてたとしても、あくまでセリーヌちゃんが目的なのさ」

「そういうことでしょうね。セリーヌが合流してからのフォロワー数の伸びと、実際の『人』の権能の強化の乖離《かいり》が大きくなったので」

「ただ数字を稼げばよいって話じゃなくて、ちゃんとアリスを見て応援してくれるポジティブなフォロワーを増やさなきゃいけないわけか。なんか大手企業のマーケティング部みたいな高度な悩みになってきたな……」

誠《まこと》の言葉に、皆が頷く。

「どうしましょう……？　今は30万フォロワーがいても、実測値としては25万フォロワーパワー程度しかないんです！」

アリスが焦って説明するが、フォロワーパワーという単語に思わず誠が吹き出しそうになる。

「フォロワーパワーって単位初めて聞いたんだけど。便利だなそれ」

「私も初めて言いました……って、そういうことではなく！」

「わかってるわかってる。原因に気付いたのは大きな一歩だよ」

誠が落ち着いてと言わんばかりにアリスをなだめた。

「でも、具体的にどうすればよいのでしょうか」

アリスが不安を漏らす。

だが誠は、真面目な顔をしつつもアリスほど悩んでいる様子はなかった。

「一つ確認したいんだけど、俺……シェフ・ラビットちゃんが出てフォロワーが増えたとき、そういうフォロワーとフォロワーパワーのズレって感じた？」

「マコトは自分をちゃん付けで呼ぶタイプなんですね」

「バ美肉した姿って本当に自分と言ってよいか悩むんだよね……っていうかそういうことではなく」

「……そういえば、これといったズレは感じませんでしたね。もしかしたらあったのかもしれませんが、今回ほど大きなものではないです。確実に」

「思うに、シェフ・ラビットちゃんはアリスを応援する姿勢が揺るがなかったからではないでしょうか」

と、セリーヌが言った。

「確かに、基本アリスとセットで出てたしなぁ」

「ええ。アリスのチャンネルのサブコンテンツ扱いでしたし、立ち位置としてもスタッフが臨時で出ていますという雰囲気を醸し出していましたし。もちろん個別のファンはいるでしょうが、あくまでそれはアリスのファンの中での話です」

セリーヌの言葉に、アリスが頷いた。

「ですね。ということは……」

「わたくしがシェフ・ラビットちゃんのようにアリスを応援して、少しずつアリスのサブコンテンツとなればよいわけですね」

「そ、そういうことになりますね」

セリーヌの言葉に、アリスが妙に恥ずかしそうな表情を浮かべた。

「どうしました、アリス？」

「い、いえ……自らサブコンテンツになるとお姫様に言わせるのも不思議な背徳感があるなと思いまして」

「嘘《うそ》おっしゃい！　あなた、動画だと容赦なく煽《あお》ってきたじゃありませんか！　そのどこに加減や配慮がありますか！」

セリーヌがぴしゃりと言って、アリスは慌てて首を横に振った。

「ち、違いますぅー！　そういうキャラクターを期待されてるんですぅ！」

「でもけっこう本音混ざってるじゃないですか！」

「ほらほら、落ち着いた落ち着いた。まだ相談の途中だろ？」

翔子がぱんぱんと手を叩いて口論に割って入る。

「す、すみません。しかしサブコンテンツと言ってもちょっと心配があるんですよね……。セリーヌは独自コンテンツとしてスタートしてますし。ただ応援するというだけでは足りないような……」

アリスの心配に、誠が頷く。

「確かに、セリーヌさんのファンは根強いしね。実際コンテンツそのものが強いよ」

「……だったらセリーヌちゃんがアリスちゃんを応援すること自体を、一種のコンテンツにしちゃうのはどうかな？」

翔子の言葉の意味を、三人ともよく理解できなかった。

どういう意味？　と表情で訴えている。

「いやさ、友達の子供が日曜朝にやってる魔法少女アニメとか好きなんだよ。そのアニメの映画版って、お決まりの応援スタイルがあってね……」

翔子が説明を始めた。

その提案の中身を理解した誠とセリーヌは、「それは面白い」と喜び、興奮した。

同時にアリスの表情には「それマジで言ってるんですか？」という困惑が深まっていった。

■二人でコラボしてみた

／フォロワー数：3158833人　累計good評価：14041189pt

ランダの守る地下20階層から一段下に降りると、そこは今までの人工的な風景とは打って変わって、氷河の世界が待っていた。

後楽園ホール並みの大きさの氷塊が雄大に海を泳ぎ、時折、別の氷塊とぶつかり、あらたな氷の大地を形成する。

ここを進む者は、広大な氷塊を渡り歩きながら中心にある氷山を目指さなければいけない。

そしてその氷山の山頂部こそが、守護精霊の待ち構える30階層の扱いとなっている。

「喰《く》らいなさい！　この聖剣『ピザカッター』の一撃を！」

アリスが大きく剣を振りかぶって、襲いかかってくる氷の人形を一刀両断した。

『ゲヒャー!?』

『グワッ!?』

これは、アイスソルジャーという名の魔法生物だ。

魔力を帯びた氷の塊が集まって人の形となり、殴りかかってきたり、あるいは氷の吐息を吹き出して攻撃してくる。しかしそれもアリスの一撃で粉々にされた。

「がーっはっはっは！　スプリガンとランダを倒したってのは本当みてえだな！　だが

「こっからが玄武《げんぶ》様の本番だぜぇ！」

凄《すさ》まじい大音声が響き渡った。

玄武と名乗る粗野な声の主は、アリスたちの眼前にいる亀であった。

ただの亀ではない。その体はあまりに巨大で、身の丈は5メートル、全長は20メートルから30メートルはあるだろう。

また背中の甲羅には巨大な氷柱が何本も生えており、その1本1本がアイスソルジャーに変身してアリスたちに襲いかかってくる。

「アイスソルジャーども！　強襲形態！」

『ゲアアアッ！』

アイスソルジャーが空中に浮かんだと思いきや、姿を巨大な氷柱のように変化させて高速回転を始める。

『射出！』

そして弾丸のようにアリスのところへ襲いかかった。

「させません……【金剛障壁】！」

しかしアリスの目の前に突然、煌《きら》びやかに輝く壁が現れた。射出された氷柱のすべてが完全に塞がれて金属と氷が擦れあい、耳障りな音を立てる。

「でやっ！」

アリスが剣を振るい、動きの止まったアイスソルジャーを蹴散らしていく。

だが玄武の手数は多く、次々とアイスソルジャーが生み出されてはアリスに襲いかかる。

セリーヌも防壁を張り直したり、鉱石弾を放って牽制《けんせい》をしているが、決定打に欠ける状況が続いた。

「苦しい戦いになってきました……皆さん！　ペンライトを振ってアリスを応援しましょう！」

『いきなり映画版に出てくる謎の司会者キャラになった』

『ペンラ振っていいのか』

『どっかの映画館貸し切ってライブ配信とかやってくれ』

「ちなみにアリス応援ペンライトは公式サイトの通販ページで購入をお願いしますわ。大手通販サイトには卸していないので転売品にご注意くださいまし」

今回のテーマは、アリスとセリーヌが協力して新たな階層を攻略することである。

最近、アリスの霊廟《れいびょう》攻略が地下20階層で停滞していること、そもそもセリーヌとシェフ・ラビットの対決ばかりなのでアリス自身の動画投稿が遅れており、視聴者に活躍を期待されている状況だった。

久々のアリスの快進撃に、視聴者は大いに盛り上がっている。

だがこの配信の本当の狙いは、セリーヌ目当ての視聴者をアリスの力へと変えることだ。

そこで翔子《しょうこ》が提案したのは、応援用の公式ペンライトの販売である。

聖剣ピザカッターを小さくしたような形状のライトで、アリスが戦闘する最中、セリー

wwww
振っていいのか
映画版に出てくる謎の司会者キ
ありすがんばえー

ヌがこれを振ってアリスを応援する。それをセリーヌのファンたちにも真似《まね》してもらうのだ。

こうすることで、セリーヌのファンも結果的にアリスを応援することになり、アリスの力になるのではないか……という仮説を翔子が立てた。今回の配信はそれがうまくいくかの検証を兼ねていた。

「がんばれがんばれアリス！　ファイト、おー！　さあモニターやスマホの前のみなさんもご一緒に！」

『モニターの前でペンラ芸しろってのか！　やってやるよ！』

『この商売上手！　オレもペンラ買うわ！』

『ペンラ振ってパワーを集めるタイプの美少女ヒーローが実在するという事実だけで生きる希望が湧いてくる』

『異国情緒溢《あふ》れる美少女が可愛《かわい》く踊ってペンラ振ってるだけでつよつよコンテンツなんだよな。踊ってる場所が氷河で、巨大な亀を近接兵器でガチンコしてる絵面がおかしすぎるだけで』

『緊縛されてる女の隣でうどん打つ絵よりシュールだわ』

『応援上映とかやろうぜ』

『しゃべってる間にペンラ完売しちゃったじゃん！　くっそ一歩遅かったか……』

『早く増産しろ！』

コメントが怒濤《どとう》の勢いで書き込まれ、スパチャの金額も凄まじい額になっている。SNSにはペンラを振っている一部ファンの奇異な自撮りもアップされる。

「うわっ……！　すごい、パワーが漲《みなぎ》ってくる……セリーヌ、これは一体!?」

予想外に力が集まりすぎて、アリスの体がほのかに黄金に光った。

驚いてセリーヌに思わず尋ねたが、セリーヌはそれを見て首を横に振った。

「集めたのあなたの権能ですから、わたくしにはわかりませんけど……」

「いやあなたじゃないですか！　スンっと引かないでノってきてくださいよ！」

「だ、だってわたくしもここまで効果が出るとは思ってなくて……大丈夫ですか？　お腹《なか》痛くなったりとか胃もたれとかは？」

「私への応援を重めの家系ラーメンみたいな扱いするのやめてくれます!?」

「漫才してないで戦いに集中しろ！　オラッ！」

放置された玄武が怒って、アイスソルジャーを杭《くい》のような形状に変化させて10発以上射出してきた。

だが凄まじいパワーを手に入れたアリスにとって、それは児戯に等しかった。

「てやあああああー！」

「なっ、なにいっ……!?　全部、剣で弾《はじ》いただと……！　ならばしかたねえ！　相手にとって不足なし！　俺の全力を受けてみやがれ……！　うぉぉおおおおお！」

玄武は驚愕《きょうがく》して、まるで歌舞伎における見得を切るかのようにいちいちポージングしながら必殺技らしきものを放つ体勢に入った。

「そ、それは……どういう技なのですか……！」

「アイスソルジャーや周囲の冷気を一点に集中させ、魔力と冷気をフルパワーにして放つのよ！　名付けて！　ブライクニル・ファイナルデッド・フラッシャー！」

玄武が口を開けると、そこからダイヤモンドダストが煌めいている。

そして周囲の冷気を取り込みながら煌めきが少しずつ大きくなっている。

いかにもそこからビーム状の攻撃を撃ちますと言わんばかりのモーションに、「わかりやすくてほんと助かるな」とアリスは思った。

『名前がクソダセえけど、これは俺の必殺技だぜ感がすごい伝わってくる』

『ほんとにこいつ初出演か』

『妙に動画慣れしてる』

『5対1でも文句言わなそう』

『バトルの前にセーブと回復させてくれるタイプのボス』

人の好《よ》さを見抜かれて、玄武の好感度が上がっていく。

だがそれでもアリスへの応援は止まらない。

パソコンやスマホの前で、一部の熱心なファンがペンライトを振る。

セリーヌもペンラを振って踊っている。

「私も、皆の応援を受けて負けるわけにはいきません……フォロワーシールド！」

アリスが左手を開いて力強く突き出した。

そこから金色に輝く円盤型のオーラが現れた。

「フォロワーシールドって、なんだかフォロワーを肉の壁にしているみたいだから名前を変えた方がよろしいのでは……」

「突然ダンスやめて冷静にツッコミ入れるのやめてください！　それより来ますよ！」

「食らえ……！　ブライクニル・ファイナルデッド・フラッシャー！」

青白い光がカメラの視界を染め上げていく。

だがアリスはそれを真正面から受け止めた。

青白い光と金色の光がぶつかり合い、凄まじい音を放つ。

「くっ……なんて力ですか……流石《さすが》は地下30階層の守護者……！」

「アリスー！　がんばってくださいましー！　どうやら苦戦してるようですので、みなさんもどうか応援してあげてください！」

カメラに入る光の量を器用に調節して、視聴者の前にアリスと玄武の姿が映った。

まるでアニメのごとき必殺技と必殺技のぶつかり合いにファンたちは興奮し、ペンラのきらめきとスパチャを捧《ささ》げ大いに盛り上がっていく。

が、そこに玄武が待ったをかけた。

「いやお前、もうちょっと余裕あんだろ！　盛り上げるために苦しい顔してるな⁉　前《や》もってそのへん相談するなら応じるけど、そーゆーのすげームカつくから止めろ！」

「あっ、バレた、ごめんなさい！」

「スプリガンから聞いてて動画出るのは楽しみだったけど、守護精霊としての仕事は仕事として真面目にやらなきゃいけねえんだよ！　挑戦者側もそこはわきまえろ！」

「本当、申し訳ございません！　では……本気で行きます！　うおおおお！」

「なにっ、俺のブライクニル・ファイナルデッド・フラッシャーが……弾かれただと……！」

アリスがシールドに力を込めて、完全に玄武の必殺技を弾き返した。

冷気が消え去り、太陽の暖かな熱が気流を生み、気流が暴風となってアリスの長い髪を舞い散らす。

「覚悟なさい！　オフィシャル応援グッズ『アリスライト』が、あなたの運命です！」

暴風をものともせずにアリスは玄武をまっすぐに見据えて、聖剣ピザカッターに力を込めた。

ファンからの応援が光となって収斂《しゅうれん》し、聖剣がシールドと同じように金色に輝き始めた。

「あっ、やべっ！　加減しろ！　こっちが死ぬわ！」

「本気だせとか加減しろとかややこしいこと言わないでください！　多分死にませんから、私の最高の一撃を食らって、死ねい……！」

「お前こそどっちだよ！　くっ、アイスシールド……！」

玄武が首を引っ込めて周囲に氷の盾を展開した。

　また大きな力と力のぶつかり合いに氷山は大きく揺れる。

　この爆発的な現象において、誰の勝利なのかは明白だった。

　ちなみに玄武はギリギリ生きていた。

◆

　今日は休みだ。

　アリスのフォロワーパワー問題も解決し、休息の時間を得ることができた。

　霊廟の外の砂漠で、ふんふんふーんと鼻歌を歌いながら、シェフ・ラビット、つまりは誠《まこと》（人形）が料理をしている。

　キャンプ用グリルの中でぱちぱちと炭火が燃え、鉄網の上で分厚い牛肉が炙《あぶ》られている。

　牛肉の隣には赤パプリカやズッキーニ、玉ねぎなども並んでいる。色とりどりの食材が並んでいる光景は、見る者の食欲をそそるものだった。

「こないだステーキ作ったんだけど、どうせならバーベキューっぽく炭火でやりたいなって思ってさ」

　誠（人形）が食材の焼き具合を確かめ、トングで取って木製カッティングボードの上に並べて一口サイズに切っていく。

　肉の表面はしっかりと焼き色がついているが、断面はうっすら火の通ったピンク色だ。

アリスは今すぐにでも食べたい気持ちを抑えて誠（人形）の手つきを眺めていた。

「パンにバターを塗って肉と野菜とチーズをのっけて、特製ソースを塗って、またパンで挟んで……と」

誠（人形）は炭火で焼いた肉や野菜を挟んだ食パンを、真ん中からばっさりと切る。

「はい、ステーキサンドのできあがり」

ステーキサンドの横にきゅうり、ヤングコーン、トマトのピクルスを添える。

それらをカッティングボードに載せたまま、くるりとアリスの方に向き直って料理を差し出した。

「フリフリ付きでガーリィなエプロンに替えて、今のもう一度やってくれませんか？」

「やらないよ⁉」

「すみません、少し欲望が漏れました。でもどうしたんですか？　突然こちらで料理を作りたいだなんて」

外でのバーベキューは、誠（人形）からの突然のお誘いだった。まさにデートそのものの状況に、アリスは動揺を隠せずにいる。

一緒に食事をするなど今まで何度もしているのに、外にいるというだけでアリスの胸は不思議と高鳴った。

「色々と落ち着いたところだったしね。新作料理の感想も聞きたかったし。というわけで、どうぞ召し上がれ」

二人は頂きますと声を重ね、ステーキサンドにかぶりついた。

ステーキに塗られたソースはハニーマスタードだ。甘みと辛みがバランスよくブレンドされ、肉の豊潤な味わいとマッチしている。

「美味《おい》しいです……！　少しぴりっとしているけど食べやすくて……！」

アリスは健啖家《けんたんか》だ。分厚く大きなステーキサンドをどんどん食べ進める。

誠（人形）はそれを幸せそうに見つめていた。

「……ところで、その、いいんですか？　霊廟《れいびょう》に挑戦するわけじゃないのに人形に乗り移ったりしてて」

見られていることに気付いたアリスが、羞恥をごまかすように雑談を始めた。

「よくないらしいけど、ワイン５本とチーズとガーリックシュリンプで認めてくれた」

「ランダですね……っていうかそれ私も食べたいんですけど」

「もちろん作るよ」

「でしたらいいです」

「楽しみにしてて」

アリスがふふんと微笑《ほほえ》み、再びステーキサンドを食べ始める。

シェフ・ラビットがそれを見て、ぽつりと別の話をし始めた。

「……新作の感想聞きたいってのは、ついでかな」

「ついで？」

アリスが、ステーキサンドを頬張りながら聞き返した。

「こうやって、『鏡』を隔てずに一緒にご飯食べたかったんだ。なんか決闘の準備でなかなかできなかったからさ」

「あ……」

ステーキサンドを咀嚼《そしゃく》して、ごくりと飲み込む。

滋養と共に、何かがじんわりと体にしみこんでいくのを感じる。

「わ、私も……あなたと、一緒に食事をしたいと思っていました。『鏡』越しではなく、人形越しでもなく」

「うん」

「生身のあなたと向かい合って、あなたのお店で食事をしたいです」

「俺もだよ」

「やりたいこと、ほしいもの、そんなものばかり思い浮かびます。それを、できる限りなしとげてくれるあなたに返せるものがなくて、悲しいんです。もらうばかりです。お願いするばっかりです」

アリスの頬を涙が伝う。

「そんなことはないって。俺はたくさんもらってるんだよ」

ぽたりと落ちそうになる雫《しずく》を、シェフ・ラビットの指がすくった。

触れてしまえばまた反発が起きるのも恐れず、ただ、涙だけを。

「器用なんですから」

「そうかな」

「器用ですよ。私がどうするか迷っているとき、バリスタになれだなんて言うんですから。器用で、ずるくて……優しい人です。私がどれだけそうなれればと願っているか、知らないでしょう」

「そうしてほしいよ」

「エスプレッソメーカー買ってください。練習します」

「いいね。レジスペース拡張して、エスプレッソメーカーとサンドイッチを並べるショーケース置こうと思ってたんだ。こういうサンドイッチとか、フルーツサンドとか並べて、コーヒーとかラテとかと一緒にテイクアウトしてもらう感じでさ」

「おしゃれですね。すごくいいです。やりたいです」

「ああ。やりたいこと、やろうよ。俺も色々とアリスにお願いとか無茶ぶりとかしてるしさ。そこはお互い、遠慮はなしでいこう」

「無茶ぶりはほどほどにしてください」

アリスの涙はすでに止まり、明るく、そして強い太陽のような笑みを浮かべた。

「……私は、やりたいことすべてをやってみせます。祖国を救い、セリーヌを王にしてみせます」

「うん」

「そして、幽神霊廟を最下層まで踏破し、幽神様に願いを申し出ます。あなたのところへ行きたいと」

その言葉に、誠（人形）は驚愕した。

してやったりとアリスが悪戯《いたずら》っぽい笑みを浮かべる。

「で……できるの？」

「できます。ガーゴイルに尋ねたところ、技術的な問題はなく幽神様も許可を出すだろうと。だから、もう少しだけ待っていてください」

その強い決意に、誠（人形）はしっかりと頷《うなず》いた。

「待ってるよ。絶対に、ずっと」

「はい！」

「今のうちにアリスが着る制服は用意しておくよ。フリフリのかわいいエプロンも」

「イヤです。バリスタっぽいシックなのにしてください」

くすくすと二人が笑いあう。

交じり合うはずのない世界を隔てた二人は、このとき確かに、同じ空間で同じ言葉を交わす、恋人同士であった。

◆

誠は最近、引きこもっている。

実際のところは魂だけ異世界に旅立って精力的に活動しているのだが、肉体を基準に考えれば店から一歩も出ない日も珍しくはない。

シェフ・ラビットとしての活動も一段落して、誠は気晴らしがてら買い物と散歩に出かけた。

誠の店、レストラン『しろうさぎ』は駅から離れた住宅街にある。

近隣住民は知り合いばかりだ。今は亡き両親の友人であったり、学生時代の同級生であったり、従姉《いとこ》の翔子《しょうこ》であったり、あるいはアルバイトやパートであったりする。

地元チェーンのスーパー『カスミソウ』に訪れたときに、今は休んでいるパートと会うのもある種の必然であった。

「あら、店長。珍しいわね」

「佐久間《さくま》さん！　お元気ですか！」

誠は久々の再会に顔をほころばせた。

佐久間美栄《みえ》の方も嬉《うれ》しそうだ。

顔色もよく、聞くまでもなく元気そうな雰囲気であった。

「佐久間さんイメチェンしました？」

「あらわかる？」

うふふと佐久間美栄が笑って頷く。

「そりゃわかりますよ。髪も綺麗《きれい》に染めてるし、服も……スポーティですね。何か始めたんですか？」

「これから旦那とデイキャンプ行くのよ。だから食材の買い出し」

「ああ、いいですね！　でもこのへん、キャンプ場ありましたっけ」

佐久間美栄は夫と二人暮らしだ。子供はすでに学校を卒業して一人暮らしをしており、コロナのせいで帰省もできないでいる。

佐久間美栄がパートを休んでいる間どういう生活をしているか不安だったが、日々を楽しもうとしていることに誠は安堵《あんど》を覚えた。

「ウチの実家の庭。住んでる人もいなくて放置気味だったんだけど、土地だけは広いのね。時間もできたからホームセンターで材料買って、自力でリノベしたらすっごいいい感じになったの。庭でバーベキューもできるしテントも張れるの」

「え、すっご。お金取れるレベルですよ」

佐久間美栄のスマホには、瓦屋根の古風な民家が写っている。

相当な築年数が経《た》っていそうだが、粗末な雰囲気はなく、むしろ清潔そうだ。

庭は広々としており景色もよい。

そして佐久間美栄とその夫らしき人物が、テントやタープを張り、楽しそうにキャンプをしている写真もある。充実している気配が見ていて伝わってくる。

「でしょう？　いやーこんなにうまくいくとは思わなかったわ」

自慢げに佐久間美栄が笑うが、誠《まこと》は気付いてしまった。

「……もしかして、これやるために仕事休みにしました？」

「ぎくっ」

「あ、いや、ダメとかじゃないですしタイミング的にこっちも助かりましたが」

「……ウィンウィンってことね！」

そのちゃっかりした顔に、誠は思わず吹き出した。

こういう茶目っ気は、誠は嫌いではなかった。

「でもなんで突然、キャンプとかリノベとかに目覚めたんです？」

「最近ブームじゃない。あ、でもキャンプはあなたの影響よ。たまにアウトドア料理作って動画に出したりしてるじゃない」

「あ、見てくれてたんですね」

「でも最近、更新頻度落ちてるじゃない？　楽しみにしてるのよ」

「あはは……ありがとうございます。がんばります」

誠はアリスの動画制作の方に専念しており、自分の動画チャンネルの更新は遅くなっている。撮りためておいた動画のストックを放出して誤魔化してはいるが、それでも3日か4日に一度の更新から、週に一度の更新があるかないか……という状態になっていた。

「ところで、お店の方は実際大丈夫なの……？」

「あ、はい。今は動いてないように見えますけど、色々と仕込みはしてますから。ちょっとやりたいことがあるんですよ」

「やりたいこと？」

「カフェメニュー増やそうかと思うんです。レジスペースを拡張して、持ち運びしやすいコーヒーとかサンドイッチとか注文できるようにしたり。レジ打ちが忙しくなるんで、佐久間さんにも協力してもらえたら嬉しいです」

　誠の言葉を聞いて、佐久間美栄の目が険しくなった。

　妙な気配に誠が違和感を覚えた。

「え、えーと、佐久間さんは反対ですか？」

　その問いかけに、イエスでもノーでもなく、あらぬ方向の言葉が佐久間美栄の口から出てきた。

「……もしかして、結婚する？」

「ななな、なんでそんなことを？」

「だーって独り身のシェフが、女の子が喜びそうなメニュー増やすだなんて彼女か奥さんができたとしか思えないわよ。あなたのお父さんとお母さんが結婚したときもオムライス増やしてたもの」

「死んだ両親の恋バナをここで聞かされるとは思ってもみなかったんですけど」

　誠の微妙な言葉に、佐久間美栄は焦って弁明した。

「あ、えっと、ごめんなさい。でもこれ本当よ。常連さんならみんな知ってるもの」

「そ、そうですか」

「でもその反応、アタリみたいね」

面白がるような言葉ではあったが、佐久間美栄はひどく嬉しそうだった。

「まあ、まだ秘密にさせてください」

「あら残念。っと、旦那を待たせてるからまたね。がんばるのよ」

佐久間美栄が笑いながら立ち去っていく。

これは秘密にしてもらえそうにないなと思いながら、誠は佐久間実栄の背中を見送った。

◆

幽神霊廟《れいびょう》 地下20階層。

白亜の城の玉座に、ランダが脚を組んで不満げにアリスを見下ろしていた。

だがアリスはランダの機嫌などお構いなしに話しかける。

「もう、決闘のときの破壊の傷痕はないのですね」

「霊廟は色々と便利なのよ。でもそれはあんたには関係ないこと。もう地下30階層にまで到達したんだから、さっさと次に進みなさいよ」

「すでに攻略した階層に戻ってはいけないというルールはないでしょう？」

「ルールはないわ。けれどその余裕はあなたにはないと思うけれど？　今のうちに強くなれるだけなっておきなさい」

　ランダの箴言《しんげん》。

　それは嫌みや皮肉ではない。

　純粋にアリスを思いやってのことだとアリスはようやく気付いた。

「……ランダ。人形を使わせてくれてありがとうございました」

「ガーゴイルには黙ってなさいよ。ここの資材の責任者、あいつだもの」

「バレてる気がしますが、わかりました」

「で、何の用？　お礼を言いに来ただけじゃないでしょう？」

　つまらない用だったら叩《たた》き出すとでも言わんばかりの態度に、アリスは正面から向き合った。

「あなたは聖女であった。そうですね？」

「そうよ」

「そして、炎の権能とは別の権能を持っている」

「だとしたらどうするわけ？」

「まず一つ疑ったのは、魔王や異界の邪神の眷属《けんぞく》であることでした。例えば聖女としての権能を授かった後に、別の世界の神の加護を受けた……とか」

「なるほど。それならば一人が二つの権能を持つこともありえるわね。妄想たくましくて驚いちゃうわ」

ランダが呆《あき》れたように肩をすくめた。

「ですが、あれだけ器用な真似《まね》をやってのけて、何のからくりもありません……などという話はないでしょう」

「ここは神が眠る霊廟。神の御業《みわざ》ってことで全部説明できるじゃない？　あたし一人であなたを模した人形なんて作れやしないわよ」

「作る力そのものは霊廟や神の力、あとはスプリガンの手を借りているにしても、そのイメージはあなたのものでしょう？　あなたがまったく貢献していないとは思えません」

「根拠も証拠もないわよ、名探偵さん？　それとも作家さんかしら」

ランダの挑発的な物言いに、アリスは静かに返した。

「権能を完璧にコピーするのは難しくて、それっぽい能力を与えてるだけ。あなたは確かに言いました」

「へぇ。よく覚えてるじゃない」

「ふと思ったのですが……もしかして、炎の権能の方こそが別の権能なのでは？」

そのアリスの言葉に、ランダの目が険しくなった。

「何よ。弱いとでも言うわけ？」

「弱いというか、規模感が足りません。地の聖女セリーヌのような大自然を操る圧倒的なスケールは、あなたの炎の力にはない。炎の威力や自分自身の力を底上げするところに権能が働いているように思えます。あなたの力の本質はセリーヌよりも私に似ている」

「……なるほど。そう思ったわけ」

「幽神様の腕を召喚した魔術も、圧倒的ではありましたが、あれはこの霊廟の存在であればおそらく習得できる類のもの。ただ純粋に、詠唱者が持つ魔力の大きさが問われるでしょう。違いますか？」

そこまでアリスが言ったところで、ランダは玉座から立ち上がった。

かつん、かつんと音を響かせてアリスの方に歩みを進める。

そして愛槍《あいそう》を手にして構えた。

その体は、普段とはうってかわって青白い炎のような何かに包まれている。

熱さはなく、冷たさもない。

だが見ているだけで心が冷えるような、応援を力とする『人の権能』と正反対の輝きにアリスは本能的に怯《おび》えた。

「力を問いただすのであれば、答えは常に戦いの中にしかないわ。確かめてみなさい」

「くっ……いきなりですか……！」

ランダが猛然と襲いかかってきた。

炎をまったく使用していない、ただの攻撃だ。

だがひたすらに力強い。

嵐のような凄《すさ》まじい横薙《よこな》ぎを、アリスは渾身《こんしん》の力で受け止めた。

「ぐうっ……この力は……！」

弾《はじ》き飛ばされまいと踏ん張った瞬間、床の石に蜘蛛《くも》の巣のような亀裂が走る。

霊廟の床や壁は特殊な加護を受けており容易に壊れないはずだが、それでもアリスとランダの衝突に耐えることはできないでいた。

「がはっ！」

「弱い！　まだまだ力を出せるはずでしょう！」

一撃一撃が信じられないほど重い。

人間の数十倍はある巨人を相手にしたときを思い出す。

そのときでさえアリスは死を覚悟したが、鈍重であるがゆえにアリスにも付け入る隙はあった。

だが自分と同じ背丈で、自分を超える敏捷《びんしょう》さの持ち主が、凄まじい重さと力を持っているのはもはやアリスにとってさえ未知の領域であった。

仮にこんな存在に心当たりがあるとするならば、それはたった一人。

自分自身だ。

「ほらほら、耐えてるだけじゃどうにもならないわよ！」

恐ろしい密度でランダの槍《やり》が襲いかかる。

剣で受けることにアリスは全身全霊を尽くした。でなければ即座に死ぬ。

踏みしめた床が砕かれて、そこから後ずさる度に無惨な痕跡を描く。

アリスが手も足も出ないことを示す羞恥と無力の軌跡が長くまっすぐに延びゆき、やがては壁に到達して行き止まり線分となる。

「そこ！」

そして、アリスの首の数ミリ横の壁に槍の穂先が突き刺さった。

「これがあなたの本気ですか……」

「そう。これが何かは教えてあげない。だけど……そうね、あなたが予想できたところまでは答えてあげる。炎の権能は奪ったのよ」

「う、奪った……？」

その言葉にアリスは衝撃を受けた。

そんなことができるのかと。

「権能とは自分に適したものが選ばれて神より授けられる。生まれ落ちた瞬間に手にした力でもなければ、研鑽《けんさん》の果てに手に入れた技巧でもない。他者から与えられたものは、他者から模倣されたり、あるいは奪われることもありえる、ということよ」

アリスは、自分自身の力を祝福と思ったことは少ない。

むしろ自分を苦しめていることの方が多いとさえ思っている。

だがこのとき初めて恐怖した。

奪われてしまったらどうしよう、と。

その心に気付いたランダが鼻で笑った。

「ばーか。あんたのなんていらないわよ。手に入れたところで面倒くささが勝るわ。あんたみたいな力の高め方、できるわけないじゃない。権能を奪って悦に入るようなやつが『人の権能』を手に入れたところで、フォロワー5人とかしか集めらんないわよ」

「……すごい説得力なのですが何か釈然としません」

「権能というのは基本的に差はない。でも使い勝手は大きく変わる。どんな状況でも一定の強さを発揮するものもあれば、特定の状況下でとんでもなく強くなる権能もある。あんたはそのピーキーな能力の典型よね」

「そ、そうですけど」

「そんなことよりもっと重要なことに気付きなさいよ」

「重要なこと……？」

アリスが呆然《ぼうぜん》としながら、ランダの言葉をおうむ返しに繰り返した。

「あなた、確か魔王を倒したのよね。その遺体はどうなったのかしら」

「遺体は、邪神によって復活されないように厳重に埋葬を………あ」

権能は奪うことができる。

もしそれを王が知っていたとしたらどうするだろうか。

その可能性に、アリスは焦燥を覚えた。

「いい？　権能は精神と肉体の奥深くに刻まれる。できるならば生きたままがよいのだけど、死んでいても遺体さえ完全に残っていれば、権能は確実に奪うことができるわ」

アリス、セリーヌ、ディオーネが倒した魔王は『傀儡《かいらい》』の権能を持つ魔王である。大量の死体や合成人形、ゴーレムを使役して、たった一つの権能で数万の軍勢を作り上げて国中を荒らしまわった。

　戦いの果てにアリスたちの手によって倒されはしたが、その遺体は復活することがないように、ダモス王が直々に埋葬し封印した。

　そしてダモス王は、ディオーネをほめたたえるための巨大な石像を作り上げて王宮に鎮座させた。

　しかも噂《うわさ》では、それはただの試作品でしかない。魔石や宝石、金や銀、その他様々な鉱石を採掘し、歴史上最高の価値があると言ってよいほど豪勢な石像を作り上げているという。

　それはただダモス王の権勢を誇示するためのものだと思われていた。

　だが、そうでないとしたなら。『傀儡』の権能を使い、最強の人形を作り上げて使役したのであれば。

「100万の応援があれば勝てる。あんたはそう思っている。ていうか焚《た》き付けたのはあたしだけどね。ま、素直に考えたらそこらの権能をもった他の聖女なんて一蹴できるもの。けれどそこで敵を侮るのは愚か者よ。相手もまた、自分の権能を最大限強くするためにあらゆる手を使うと考えておきなさい」

「……なぜ、それを教えてくれるのですか。ただ守護精霊として、挑戦者を支援するというだけではないでしょう？」

「あんたのほえ面を見たかっただけよ」

そんなものは誤魔化しだと、誰だって気付くと思った。

知恵と力でこちらを圧倒して嘲笑し、どれだけ悪ぶったところで、その根底には何か悲しさと優しさのようなものがある。

だがそれをここで答えてはくれないだろうとも思う。

今できるのは、彼女の優しさに応えることだけだ。

「アリス。誰も辿《たど》り着けない領域に貪欲に手を伸ばし、勝利するのよ。ほしいものを手に入れて、奪われてはいけないものを守りなさい」

ぎりりとランダが拳を握り締める。

あなたは大事なものを奪われたのですかと問いかけたくなった。

あなたは何を手に入れようとしたのですかと問いかけたくなった。

だが、ランダはアリスの問いかける目に何も答えはしなかった。

「……わかりました。もう二度と負けはしません」

■天下一ゆみみが気付いた

／フォロワー数：323687人　累計good評価：1694115pt

Vtuber天下一《てんかいち》ゆみみ、あるいは大学4年生（留年中）中島弓子《なかじまゆみこ》は、モニタを見てガタガタと揺らしていた。

「ええい、アリスちゃんもいいけどシェフ・ラビットちゃんを出せ！　ペンラ振らせて！」

彼女は嘆いていた。

『聖女アリスの生配信』に突然現れたキャラクターに心を奪われていたからだ。

シェフ・ラビットという名の通り、白を基調とした清潔感と小動物的な可愛《かわい》らしさに満ちたコスチューム。血の通った本物としか思えないウサギの耳。

外見だけではない。カメラ慣れしているようで、どこか照れを感じさせる佇《たたず》まいはカワイイの極致だ。明るく爽やかだが、一瞬の油断から生まれる得も言われぬ色気はゆみみの胸を高鳴らせた。

まるで自分が人間の女の子であることを忘れているような、それをふとした瞬間に思い出すような、そこらの美少女配信者からは得られない大自然の栄養素がある。

「はぁー……ほんとしゅき……アリスちゃんもセリーヌちゃん様も最高だけど、シェフ・ラビットちゃんほんと最高……」

あまりに好意が高まりすぎて、自分でぬいぐるみを作ってしまった。スクリーンショットを拡大してポスター化して壁に貼り付けている。シェフ・ラビットが作った料理を再現して写真を撮ってＳＮＳに上げたりもしている。

　その他、公式ペンライトは10本買っており、アリスやセリーヌのアクスタも飾っているが、一番多いのはシェフ・ラビットのものだ。赤の他人が見たらストーカーと誤解されてもおかしくない有様であった。

「でもシェフ・ラビットちゃんの料理、なんか妙に作りやすいんだよねー。うーん、料理素人の目線に立ってくれてるのかなぁ……っていうか」

　天下一ゆみみは、自宅のアパートの包丁を握って、イタリア料理らしくニンニクを潰そうとしたタイミングで、ふとしたことに気付いた。

「シェフ・ラビットちゃん、あのシェフの野菜の切り方とまったく一緒じゃん」

　ニンニクを包丁の背で押しつぶし、まず縦に、次に水平に切り込みを入れてからみじん切りにするシェフ・ラビットの手つきは、どこかで見た気がする。それだけではない。オリーブオイルをフライパンに入れてニンニクオイルを作るときの手際の良さ。ナスのヘタの取り方。おたまを扱うときの手首の動き。

　一つ一つの仕草が、まるでトレースしたかのように誰かと一緒だ。

「……似すぎじゃね？」

　天下一ゆみみの心に、小さな疑念が生まれた。

■雑談配信『居酒屋アリス』第2回 ソロキャンやってみよう

／フォロワー数：318052人 累計good評価：1516334pt

よし、と……こんなものかな……。

こんばんアリス！

今、テントや焚き火台《たびだい》を設営してたところです。いやー初めての割りにけっこううまくいきましたね。今日はソロキャン飲み雑談配信をやります！

実は前から視聴者さんやスタッフさんから「アウトドアとかキャンプとかやり放題じゃない？」って言われてたので、満を持してのソロキャンというわけです。

でもちょっと疑問だったんですよ。

だって我、野営のプロぞ？

『唐突なドヤ顔』

『サバンナでライオンを殴れるレベル』

1ヶ月歩き続けて魔物やゾンビ共を蹴散らしてまた歩き続けた、普通の生活より野営生活の方が長いプロぞ？　「キャンプ楽しいよ」って言われて、そんな甘いもんじゃありませーんって幾らでも反論できますが？

『ファンタジー戦争ガチ勢に言われたら何も反論できねえよ！』

だからまあ、ちょっと舐《な》めプするつもりでキャンプグッズを借りて、スプリガンの守る草原を間借りしてキャンプをしているんですが。

　すみません、舐めてました。めちゃめちゃ楽しいです。

『めちゃめちゃ満喫してるのは見ればわかる』

『カーキ色のワンポールテント。木目が綺麗《きれい》なテーブルとチェアに北欧風の模様のブランケット。スキレットでステーキを焼く姿。これ完全に日本のおしゃれキャンパーだ』

　はい！　ツッコミはともかく乾杯しますよ！

　今日は大人っぽくハイボールです！　あとでクラフトコーラの原液と炭酸水混ぜてウイスキーコークとかに味変します。それでは皆さん飲み物はありますか？　未成年やお酒が苦手な方はノンアルで！　はい、かんぱーい！

『かんぱーい！』

『おビール様の時間だ！』

　ごく、ごく……あー、美味《おい》しいですね……生き返りますわ。

　月が照る下で、野鳥の声と焚き火の薪《まき》が爆《は》ぜる音だけが響く。

　肉はめちゃめちゃ美味しいです。

　辛みを利かせたスパイス塩を振って焼いただけなのに、もう堪《たま》りませんね……。

　ほーら皆さん見えますかぁー？　外はしっかりメイラってますが中はしっとりレアの焼き加減。肉汁もしっかり出ています。

『メイラード反応のことそういう表現するんだ』

『めちゃめちゃ美味そう……』

『くそう、料理の腕を上げやがって……！』

ふふん、私、お肉を焼くのだけはできますからね。

香りを届けてあげられないのは残念です。

『香りか……そういえば野生動物とかやってこないの？』

『キャンプ中は獣が怖いよな。クマとかイノシシとか』

もしかしたら興味本位で来るかもしれませんね。流石《さすが》にここでは人間が怖いみたいな感覚、動物側も持ってないでしょうし。

……って、言ってる側《そば》から茂みからクマがなんか来ました。

『でっっっっっっっっか！！！！』

『ヒグマよりでけーよ！　2メートル以上あるぞ!?』

『しかも親子だ！　死ぬ……いやアリスさんなら死なないか。むしろクマが可哀想《かわいそう》だ』

なんですかその言い方！

いや確かに死にませんけど！　私は聖女ですよ！

こう、日本のアニメに喩《たと》えるならば、リスっぽい獣に指を噛《か》まれても撫《な》で続けて懐かせるような感じの……。

『いやクマでそれやるなよ！　フリとかじゃなくてマジでやるな！』

『流石にＢＡＮされるわ！』

ほ、ほーら、可愛《かわい》いクマちゃーん。撫でてあげますよー。
『見ろよ。クマが完全にビビってガタガタ震えてやがる』
『母クマが子供を守ろうと盾になってる』
『アリスさんの力量が理解できる程度に強く、アリスさんに絶対に敵《かな》わない弱さ』
『あっ、親子共々猛ダッシュで逃げた』
……おかしくないです!?
私こんなに可愛いのに！　こんなに可愛いのに！
『自分で言うなよ！』
『実際可愛いけど、その前に野生動物はその溢《あふ》れるパワーを感じ取っちゃうから……』
動物に……動物に愛される女になりたい……！

あとがき

お久しぶりです、富士伸太です。読者の皆様のおかげでこうして2巻を出すことができました。誠にありがとうございます。

皆さん、バ美肉してますか？　私はちょっとだけやってみました。3Dアバターを作って配信できる無料スマホアプリをお試しで使ったところ、足抜けできない沼に落ちていきそうな気配を察してすぐにアンインストールしました。止《や》めるのがもう少し遅かったら、印税をイラストレーター様に注《つ》ぎ込んで理想のアバターを描いてもらい、配信環境を整え、動画配信チャンネルを作っていたことでしょう。あ、もし実際にやっていたら確定申告のときに取材費扱いできるのでしょうか。配信系主人公を書いてる作家さん、もしこのあとがきをご覧になっていたら教えてください。

ともあれ、世の中何事も体験してみるものですね。何をやっても新しい扉が開きそうになりますし、小説のネタも思い浮かびます。また、キャラクターと同じような体験をすると、彼ら彼女らに近づけたような気がして妙に嬉《うれ》しくなります。

流石《さすが》に視聴者から祈りを集めてパワーアップすることは難しく、また巨大な剣を振るって異世界の迷宮を攻略することも難しいことではありますが、それに準ずることはできなくもありません。バ美肉してローグライクRPGを配信してみたり、迷宮を探索するようなメタバースや体験型アトラクションに没入したり、あるいはキャンプや登山のようなアウトドア系の趣味を始めてみたり、やろうと思えば案外やれるものです。
　そして体験した先にはファンタジー世界の物語の出来事と現実世界が交錯するような、不思議な一瞬があるような気がします。そんな体験が皆様にも訪れたなら、あるいは何か新しいことをチャレンジしたときに本作のキャラクターを思い出して面白がってくれたなら、本作を書いた甲斐《かい》があったなと思うのです。

２０２３年11月　富士　伸太

OVERLAP

バズれアリス 2
【追放聖女】応援《いいね》や祈り《スパチャ》が力になるので動画配信やってみます！【異世界⇒日本】

発　行　2023年11月25日　初版第一刷発行

著　者　富士伸太
発行者　永田勝治
発行所　株式会社オーバーラップ
〒141-0031　東京都品川区西五反田 8-1-5
校正・DTP　株式会社鷗来堂
印刷・製本　大日本印刷株式会社

Printed in Japan ISBN 978-4-8240-0656-1 C0193